绿地文学丛书第二辑

十八岁的诗瑶

SHI BA SUI DE SHI YAO

徐学文 著

黄河出版传媒集团
阳光出版社

图书在版编目（CIP）数据

十八岁的诗瑶 / 徐学文著. -- 银川：阳光出版社，2014. 7
（绿地文学丛书. 第2辑）
ISBN 978-7-5525-1345-5

Ⅰ. ①十… Ⅱ. ①徐… Ⅲ. ①诗集—中国—当代 Ⅳ. ①I227

中国版本图书馆CIP数据核字(2014)第149544号

绿地文学丛书 第二辑
十八岁的诗瑶　　徐学文 著

责任编辑　冯中鹏
封面设计　王　婧
责任印制　岳建宁

黄河出版传媒集团
阳光出版社　出版发行

地　　址　宁夏银川市北京东路139号出版大厦（750001）
网　　址　http://www.yrpubm.com
网上书店　http://www.hh-book.com
电子信箱　yangguang@yrpubm.com
邮购电话　0951-5044614
经　　销　全国新华书店
印刷装订　宁夏润丰源印业有限公司
印刷委托书号　（宁）0015992

开　　本　880×1230mm　1/32
印　　张　7.75
字　　数　170千字
版　　次　2014年7月第1版
印　　次　2014年7月第1次印刷
书　　号　ISBN 978-7-5525-1345-5/I·445

定　　价　26.80元

一个朋友（序）

李爱子

写在前面的话：徐学文（笔名黑马王子）要出诗歌专辑了，真替他高兴。文学写作对于他来说，比一般人都要艰难很多、很多。自 1987 年以来，因为查出是先天性的弱视，他的眼睛视力每况愈下，由减弱直至如今几乎近盲。对于一个热爱诗歌的诗人来讲，这是一个常人难以接受的残酷现实，而他依然还在坚持写作。我真的非常敬佩他的精神！……朋友，我想与你一起写这首诗，在这阳光明媚的春天里。和你，也和许多许多寂寞而又不甘于寂寞的文学朋友们一起来唱那首《春天里》！

尽管岁月的落叶常常从我们的眼前飘过，离开季节飘落进深谷里，没有回响……还记得初次见到你的那一刻，暮色沉沉，街灯昏暗。你独自一人站在小小的街心公园里，穿着运动装，神情是那样的忧郁。你疲惫地站在暮色里，夜幕渐渐漫过了你不胜负荷的、单薄的身体……终于，我们从虚拟的网络回到了真实的现实之中，面对面地站着，相互打量着对方，此刻的你在我的面前显得多少有点儿拘谨。但是，我依然可以从你的眼神里，读到那些被夜色浸润过，忧伤而多情的诗句。告诉我，怎么写出来的，那些饱含柔情地情诗？

难道你真的就是一匹桀骜不驯的黑马，只顾写而完全忽略周围世界一切地存在？你用温柔呼唤着大漠的风，你用多情呼唤着美丽的心灵。你的那些多情而忧伤的诗，曾经使戈壁滩上所有的树都扬起绿色的风帆；你的那些愉悦而阳光的诗，曾经使阿拉善草原上所有的花儿都绽开着迷人的笑容。你哪里像一匹草原上奔跑的黑马？简直就是个魔鬼！……我咄咄逼人地追着问你：你的那些诗歌究竟迷惑过多少颗芬芳的心？你说！……此刻，你却安静地坐在我的对面，酒杯里斟满了浓浓的月色。姐姐，你就不要取笑我了！有些诗，写出来，连我自己都羞涩。其实，我就是为了自己而歌唱，把心中压抑不住的、喷吐着火焰的情绪唱出来；把被狂风吹落的那些失望、惆怅、忧伤、悲愤和沉默都唱出来！……你对我说：我为了歌唱波斯菊，把自己这一颗多情而敏感地心向蓝天打开；为了不再孤独，曾把自己这一颗赤诚而热烈的心奉献给了心爱的姑娘；在五月的清晨，我多想和心爱的人一起走在铺满花瓣、芬芳的道路上。你热情、开朗、忧郁、多情而又敏感、你将真实的一个自己包裹的那么的严实。要想走进你的内心深处，并不是那么的容易！其实，你是一个很孤独的人！你寻找生命的湖，已经很久很久了！究竟找到了没有？谁也无从知道！……其实，我们每个人何尝不是都在寻找那片完全属于自己的、生命的湖！谈何容易！所以，你不停笔地写呀写呀！写了多少？恐怕连你自己都无法知道！诗的翅膀在云端上翱翔。爱情的震颤在阿拉善草原上奔驰。为了寻找美好的声音，你的诗越走越远，甚至远到连你都茫然的地方。你喉咙里发出了力量，你笔下写出了执著，你眼睛里放射着多情。你有那么多、那么多使你坐不住的事情，你有那么多、那么多想写的文字！你独自一人捧着那些激荡人心的文字，走向苍茫、走向辽远的地方！你的那些善良的愿望。你所热爱和要原谅的姑娘。其实，你就是被生活磨砺着一颗无法安静的心。而原谅你自己在生活中渐渐迷茫的目光！但是，每当夜深人静的时候，你却无法抚慰自己的那一颗受伤的心。那被你所原谅的一切又尖锐地刺痛你的心！你憎恨黑暗，向往光明，清澈地对待着别人，也希望别人清澈地对待你！夜已经很深了，我们用大海翡翠般地语言交谈，用戈壁滩上最坦荡的语言交谈，用雪花一般纯净的语言交谈，与星空交谈。这一天，我和你真正地认识了！无法想象，岁月将给我们的未来带来什么？朋友，在诗歌创作的这条路上，让我们一块走吧！无论怎样的山河岁月，我想，人的心灵不能匮乏，它都会需要精神的食粮！让我们接近天空、接近山脉、接近沙漠、接近草原。春天一定会向我们走来！所有的一切不愉快都会随之消亡！你要坚信这一点……

前排右起第五为本书作者徐学文，参加2009中国70后诗歌论坛暨“银川诗会”在平罗采风

目 录

Contents

生活拾遗

浪漫情调

18 岁的诗瑶

注：送给我亲爱的女儿徐诗瑶18岁的成人礼

我清楚地看着她
笑逐颜开地和同伴说着话
今天，是紫色月季盛开的日子
是她的日子
我清楚地看着她
黑瀑般的发丝飘起
她的眼睛像湖泊
她十八岁了
今天是她的日子
紫色的风，吹开
她绿松石的轮廓
花冠在她的头上卷起紫色的纹饰
身后是幼稚的童年和苦读的五月
这是个属于花的节日
紫色的风飘过田野
她笑着跑向
幼儿园，小学，中学
六月她的眼眸划过一张张试卷

笑着跑回家
明天还有很热的七月在等着她
那都是花儿的季节
是她的日子
有时她是粉红的
有时她是鹅黄的
今天她是紫色的
她已开始攀爬上七月的篱笆
蜂鸟在篱笆附近鸣叫着
她的手臂像花蔓摇曳着
所有细碎的青春叶片
都含着幸福六月的蜜水
不远处，她和同伴告别的喧嚷
使六月的影子又大又轻
她像含苞的蕊
我同时看见
她和她们的梦幻在盛开
六月的花是紫色的
很浓的香，溢满通往
七月的街道
她的笑在空气中闪着明亮的波纹
六月的花很香
她是在用花心唱歌
我的心
被花香轻轻的揉着
六月的花很香

我的心有点甜
风让花朵一点点的侧转身
轻轻越上七月的篱笆
开放成粉红或鹅黄的花期
六月的花是紫色的
很浓，很香……

行吟的步伐

低处的生活（外三首）

低调的季节

今夜无月，风不胜寒
依然闪烁着清冷的雪光
这个冷风的夜晚
我分明看见白色的翎羽纷纷凋谢
一次又一次从空中落下
风掠过冬天，把桃红留给了春天
把芙蓉栽在瑶池
谁用间隔号代替节拍
省略了，低调的部分
我如季节的主人
端坐在冬天最深处
等待春天来临
黄昏渐渐沉去
如两扇窗，归隐于黄土的腹地

低调的生活

我坐在最低的生活里
假装波澜不惊
把内心隐藏得更深
所有嵌入它肌肤的光
或晦暗，或明晰
如街灯闪着淡淡睫毛
看天空垂落封冻的瀑布
仰望，让白云遮掩蓝天的眼睛
我的那些关于雪的故事
定然有太多太多的遭遇
欲望，如春光里衍生的无数荒芜
瞬息被那些雪片
简单地被埋葬
而此刻，我的手指濡染了几许荒凉的生活

低处的风

我站在寒霜里
见风两手空空
把脸皱的不能再皱
白云把自己缠绵到透明
那轮冬日的暖阳
让翻飞的雪坏了心情

黎明是神奇的优昙
精雕细琢攀尽青山的灿烂
风用绵延起伏
托负一只鹰的体魄
隐在山林，用沉默的语言
教你如何忍辱负重
低处的风，它有它的速度
我有我缓慢的生活
早已忘掉鸿鹄志向

春天的影子忽高忽低

一

零下温度的冬天
窗外的霜簌簌而下
默默落幕的音符
拂去长夜的纱幔，将白昼唤醒
透过斑驳的土墙
用生锈的漂泊，打开故乡的房门
瞬间，溅起温暖的尘埃
淹没我的疲惫

二

踏在遥远的梦上
一月的天空总是阴晴不定
我的灵感被摇摆的风
一层层剥落
原野充满怀疑，脚步已经开始
山的起伏与它不谋而合

阳光沿着阡陌，把远方的灰色拉近
东风的影子却余香未尽

三

一些声音滑然而过
如鸟鸣被夜色载走
我像冬天的一个节点
不敢轻举妄动
远方，经过萃取和淬炼
滞后了释者的灵动和奇异
那些交响形成唯美寥廓的音域
在冷风中被蹂躏和亵渎

四

在我的情怀里
黎明是不舍的旧梦，光亮如镜
原野的骚动，被春天瞬间停止
那么多蝴蝶的纯洁，成为三月以后的姿势
我感知香气先来，花朵在后
那些曾经啜饮黑暗的苦菜花
依然会漫山遍野地开放
在山坡，在沟壑，春天的影子忽高忽低

冬天的笑声在黑色窗帘里

一

我把冬天含在嘴里
让雪花偷窥滚烫的心声
整个一月
有许多漂亮的裂纹
从此被铭记
并潜进子夜打听春天的消息
冬天的笑声
在黑色窗帘里肆意

二

我像一壶烹开的茶
冒着热气
与轻叩窗玻璃的雪花
遥相呼应
我说的是我的孤独
躯体，抑或是灵魂

都随冬日陷入一种混沌
拄着一叶衰草，走过漫长的冬天

三

我已经忘记很多幸福的
悲伤的过往
忽然怀念起昨天的雪花
携带着那么多的冷　率意飞扬
梗在内心的隐痛
伸出软软的触角
给冬天生一堆篝火
才能抵达内心走失的明亮

四

剪掉一把枯黄的一月
春天就开始复活
用我的手握紧冬天的消瘦
让所有的疼痛都融入我的血液
只为汲取一个梦
河水孤注一掷走上岸来
看着看着太阳便哭了
在梦里，我无数次的抵达
染白了谁的头发

将我的名字镶入骨里
做你永世的枷锁

梦的情节飘荡在云天上
我困在了自己的情诗里
那些轻柔的文字，裹紧了我的梦
把春天演绎成红尘中的眷恋
那些花，像风中的呓语
凋残成悲伤的歌,褪色的轨迹
有你有我，东风不睬
槐花无端泫然，这个时节最适合道别

我是那个飘着黑黑长发的小巫女
亲近我娇媚的容颜
亲近我临水的心上人，那情
比月夜的风更高，高过月隐
比午夜的情歌更低，低过已许的爱心
没有人知道，我一直渴望
变成你淙淙河流里的一尾红鱼
丽而纤纤，摇曳着粉色的情意

月光下奔跑的影子
恍惚了离人的视线
我说你是岸边的月季
在你必经的渡口瑟瑟如火
等待你的长篙没入水底轻溯
任一脉花瓣暗香明月
天蓝云浅时
怀念已高过绚丽的亮点

我变得很轻，是游荡在空气里的浮萍
如果你用盛夏吻我
我的肉体将会荡漾出绿绿的情意
试着放纵，裁剪月光做个随波逐流之人
我在岑寂深处遥望
抛弃所有华丽的盛装
等你将我的名字叮叮当当镶入骨里
做你永世的枷锁

我需要一场雪来装饰生活（外二首）

梦，褪去华美的光晕
一如最初的洁白锁进冬天
在今夜，一阵一阵的风声
寒潮裹挟着忧伤
迅速塞满伸向春天的巷口
看不见冬天雪之外的世界
一层一层无已相加的白
吞衔着落日
悠闲地迈入黄昏的石径
这个冬天我需要一场雪来装饰生活
风，挥动着鞭子
抽打，昨天、今天、明天
凝固的水仿佛是梦中的水袖
不时飘来凄美的唱腔
冬衣掩不住的思念
附在窗口繁衍着茂密的相思
梅树下埋着你的誓言铮铮
当红花绿叶，随季节走远
最后的枯黄也经不住风的诱惑

投靠了腐烂的芬芳
这个冬天我仍保持着那个约定的姿势
举着光秃秃的盼望
等待着飞扬的雪花

北方更北

尽管我的视线
可能在风雪中模糊
但我的头仍翘盼着北方
流荡的风，赶到荒凉的陌上
北方更北的季节　冷静而缄默
那些枯萎的花草和死亡的蝶衣
剪影成大地的萧索
令人莫名的伤悲将随冬日逝缓降落
当风舞动水袖
却舞不动沉甸甸的心事
阳光枯萎在最深的褶皱里
颓然滑落的色彩仿佛北地之夜
无论我如何弹拨
失聪的心已不再共鸣
风翻阅起传说的经卷
掐痛我前世的骨骼
北方更北我拒绝听
掉落的伤淌过河心
桃花红的痣映在谁的额上

风从北来

北风将渴望削成窄窄的光栅
轻轻掠过的温柔
蓬松了日渐消瘦的梦
在那些漂泊的旅途中
你是驿站上风雨不摇的灯盏
带翅的北风
总是在帆影放下的地方
将河流递给远方
风从北方来，正蓬头垢面地打量我
含糊地追问着我的来处
我发现自己的名字和乡藉
已经遗落在岁月之外
于是我跌进你的怀里一病不起
让这些离我最近的伤折出骨头
消瘦成一副骨架
点燃北风的告白
让那些分遍的断章
在山川沟壑
以蒺藜的姿势接受你的洗礼

我的梦有件金黄的羽衣

一

心中那片金色的沙海
在你的描述中有了一种细腻的感知
十一月的河面越来越平静
我还沉浸在秋天的悸动里
穿过一片落叶回到昨天
谁能有一件会飞的羽衣
轻轻地滑翔过去
去看看那片梦中的金黄
我记得那么清晰又一时想不起

二

那金黄就在眼底
以飞的姿态把你俯瞰
哪些丘，哪些沟
都被风用长袖抚平
让它的无垠展延到天际

我把思念交给很多个深夜
很多个凌晨
我总是把相思的翅膀
放飞在你的胸膛
凭借你的高度与宽度
去寻找能落脚的远方

三

红尘的牵绊，无论我多么的努力
都一直未能进入你的领地
我在诗行上垒砌了三十个冬天
让自己住进高层
我眺望的目光
常常被旋风碰弯
扶摇直上时
我才感觉到自己比鸿毛还轻
夜里梦到一个人在新华街行走
想唱一句花儿，不负知己不负卿
可是新华街太长了
我怎么走也走不到头

四

入冬，窗内的菊花依旧繁茂一片
空气里弥漫着它们沁人肺腑的清香

菊花的黄和梦中的沙海一样
我真想，找一个多情的理由
摘取那缕温柔，藏进我的心窝
故乡的戈壁沙海
长着我的远大前程
几只羊在家乡
一声声喊疼了我的乳名
我的双亲在金黄的沙海里安眠
我的泪水蓄满了感恩之情
我踮起脚尖让自己矗立成一座山峰
静静地等待你来我的身旁缭绕

惆怅的花朵（外一首）

我歪斜的影子在枯叶瑟瑟中落下
让自己倾听对秋天无穷的惆怅
把冬风凄厉的声音
谱入诗的乐章
发出绵绵不断的诉求
我满怀的期待
是一朵野花在夜里的沉默
是星辰凝望人世的沉默
是诗人暗自寻找词语的沉默
我默默地注视着你
直至虚空的心灵长出花朵
那朵鲜花只在午夜抵达
却从不开在你清冷的窗前
而你发出的微笑在风中了无回头
使我从不流下真实的泪水

冬　　至

这是一场孤独的冬风
我被冷风射伤
徘徊在灵州高庙街头的足迹
携带着自己的河流干渴过冬
而无法饮取清冽的温暖
月的疏影
在霜中挺拔昂首
那不畏的容姿
只是两袖清风
远山的荒冢有父亲的温暖
冬至，我静静守着白昼和黑夜
有一种呼唤
像流水一样淌过我的心坎
我被排斥在边缘
误解了这婀娜风情的内涵

一颗尘埃的爱情

一

就让我与燕子悄然离去的季节击掌
然后抚摸冬天式微的呼吸
推开夜色,月光如水覆盖幽深
我轻摇一叶扁舟让一颗尘埃
从秋意盎然里苏醒
悄然回眸，我的诗行里
已是酡红微醺的爱意

二

我用一只破碎的眼睛
守望一团美丽的篝火
另一只还在尘埃奔波
用水的嘴唇和风的嘴唇
在波光粼粼里，纹圈行远
消瘦指尖的九月菊
仅余梦一曲慢板流水

趁着风轻，吹落粘香的尘埃

三

我在尘埃上写诗
像一只遭雨水袭击的鸥鸟
水浸过，冲掉我爱你的痕迹
我的爱已没有痕迹
像秋天的树叶都被风卷走
思念的隐喻明媚低处的忧伤
在曾经的尘埃中
我将冷静地面对秋风的清洗

四

让爱震撼曾经的枝头吧
只是你冷霜般的笑容遮掩落日的忧愁
还是那一年的冬至
一场孤独的盛宴
点燃在时光的对岸
卷帘上的秋天日暮西斜
依然是一声问侯
尘埃里漆黑的真实
蕴藏着你昔日的欢颜

五

低头弄足，我的影子
在一字大雁的沉浮下走进冬日
你依然是我的沉醉
岁月，早就在我的窗外
折折有声，扇动着风的羽翼
我打马远方，豪饮三千杯不醉不归
在我的水域，让你的名字
远离俗世的干涸
即便是一颗尘埃的爱情也已知足

贺兰山下的风

一

贺兰山下的巴彦浩特
记忆中素色的童年
让我为你写下一纸忧伤
那雨中的丁香
夏夜的马兰花
我的视野中只有戈壁的空旷
巴彦浩特用一种静谧的安详
让我在顾盼的距离间吸吮这个秋天
心与心的距离，不只是落叶飞翔
东望，触手可及的贺兰白雪
而与天相连的西天戈壁
正是我魂牵梦绕的高原景象

二

巴彦浩特，当我抵达这故乡之地
就不再仰望另一朵云

你的帽沿轻抑，身材如起伏的少女
你是贺兰山的挂饰，斜侧着身子
每次贴近，你的呼吸都芬芳若凝
如蛰伏着的水滴，流露出戈壁的苍凉
我的黑马早年与你在腾格里的沙海中失散
像是很多年前，我记住的贺兰山小溪
汇流进吉兰泰的沙海
鲜艳的花，灰色的墙
还有黑了又绿的青山
一起演绎了一个流动的过程

三

我梦中的城，有驼铃自贺兰山西麓
缥缈的传来腾格里的风
我只用一滴贺兰山的清泉水
就能孕育出湛蓝的湖
十月云飞，花香渐远
此去经年某些断想的碎片流年不忘
我站在沙漠边缘
风吹过的记忆
大地失去了颜色
某些故事，结束了

四

一只候鸟停歇上我的肩膀
我想用一颗泪水的琥珀
沉积起落叶下的秋水
只是翅膀，却已是霜起的秋天了
我的思绪被一枚枚落叶次递截止
对故乡今昔的阵容
已被自己的泪水打翻
流淌在肢体的河流
拧出淤黑的血清
我的河流之水开始一分为二
地上的河流
在贺兰山以东浇灌出一个塞上江南
流出地面上的片片稻香
地下的河流
高昂地拱起我沉寂的巴彦浩特
维持着苍茫戈壁上浮起的陆地
我枯燥的蒙古刀把朝外
此刻的年轮，已是巴彦浩特镂出的剑花

仲秋之后（外二首）

仲　秋

我一直想在夜风肆虐的时候
将自己的野性释放
思维就凝固在落叶上
把秋实扔在一边填充欲望
一块碎末落在土地的触角上
惊动整个仲秋，这个起点
无休止的延伸，只是为了抵达

夜上栏栅，灯火吸走了我的月光
那次素面的转身，你画眉的深浅
促地托起一帘幽梦
秋天是安静的吗
如同那碧绿的水
假若一旦轻视
必将堕进无底深渊

空　泛

在秋天里，我无时不刻地找寻
企图通往光明
并用千万的诗句倾诉
希冀心灵的澄静
漆黑的内心擎着一把菊
一片光用仰望和跪拜的姿势
率先抵达黎明

或许是你踩踏时的青波
涟漪了我尘封的往事
投下你幽深的名字
在念与不念之间徘徊
那些撒落在河里
我拉拉杂杂稀疏的白发
摆弄出了一个黑色的问号

霜　白

我常常想起那些草叶上的霜白
那些霜白，标明我清晰的来路与去向
洁白的霜用薄凉对我
在我捋尽泪光之后
逆着东逝的水流

沉去落叶心绪
重拾夏天盛装的舞步

我的问候被大雁衔去
并人字排开
或许舒展凌波
才能抵达你的彼岸
于是梳慢时间的光滑
凝聚起褪色的青春
依次奏出七彩华章

九月，眼中一些细微的黄

从这一个季节开始搜寻
目光翻犁出河流的沟壑
秋千般地荡出孤寂的天空
些许树叶泛红
杂乱无章地叠加
我眼中一些细微的黄

像鬓间隐隐可见的白发
在你目光收结的深处
努力站立成气定的岸然
夜的思索打捞漏风的记忆
此时所有燃烧的火种
挪遍了下一刻的光芒

雨打黄昏的寂寞里
一棵树摇摆着的快乐
使没有方向的风
发出欲言又止的叹息
整个九月，我怀揣喜悦

一次次错过好看的月亮

最初一片叶子在我眼中落下
我的眼眸在一次颠起后跌落
瞬间的红殃及了身边的白云
而有些词，我矢口不提
思绪波涛起伏
滑落黄昏的记忆

站在一首诗的背景下
我犹是被你牵扯的风筝
你便是我寂静里唯一的漫想
晚钟也在森林的祷告里收走暮景
引领一条河流穿梭胸膛
那些枯萎的花草剪影成大地的萧索

致

沈　园

镜面折射的一丝光亮
打湿这个夜色
哭泣声倚着竹木衣架上的紫色
流萤如簪斜插在耳鬓
年轻的你踮起脚尖
坐在沈园的孤寂里

不忍看你孤身嗜酒
点亮一两盏渔火
从心湖里捞起一朵莲
泊进你的心窝
悄悄翻开岁月尘封的曾经
只读懂了人生的悲哀

品着绿茶醉着红酒
这一半是心外的自然
另一半是心上的事非

心外的一切，心上的一切
都有你天使般的温馨
十月，白鸽将掠过祖国绚丽的天空

瑶　池

秋雨擦亮了九月的日子
那一汪眷恋
告别瑶池的桂影
作一次会意的凝视
我在秋天
沿着菊花与枫叶的脉络行走
花香浸透的眼神
向风道歉，请雨原谅

有瑶池一席之地翩翩起舞
衬托情歌的底色
艳艳烧红的八月
纵然是湿淋淋的秋意
心再也无憾
携着魂牵梦绕的名字
穿行在我的记忆里
翻阅一叠厚厚的八月色彩

仙　境

端坐于雕花窗下
一树梧桐的仙风骨节
抵挡，源源而来的市声
几株芭蕉粗枝大叶上
听雨滴叮叮咚咚弹奏秋天
在晓色泪花的诗里
缩短一场风的等待
正好续上，菊傲霜梅招雪的景致
一阵风挤来
送上一支浪漫的曲子
摇曳成你怀中的一尾小鱼
憧憬百花绽放中的自己
耳边充斥一脉诗声
竟是带圈的阳光和有翳的月亮
不知不觉中已在瑶仙的梦中
做一个中秋的痴梦

金秋同题

月

明月不曾当空
故乡在远方
将大片黑暗捂得发热
躲在寂静中的隐情
慢慢向秋天靠拢
白露过后，月亮被点燃
高远又清新的月色

每个时节的转弯
都像柳枝一样摇曳
是谁的火焰织成皓月
试图消耗着时光的血
那些秘密只等一个借口就要汹涌
我的相思被明月惊醒
把眼泪藏进自己的影子
你是世间唯一的真实
石头被秋天割开

露出多年前的旧伤
风吹来你遗落的黄叶
抚摸一缕擦肩而过的风
中秋过后，月光犹如一剪梅
等待雪花轻轻飘落

秋

秋天穿越郁积的脉络
六分娇媚，三分玲珑
一分的洒脱，适合于吟风咏月
通往梦境的路上，一匹马
握住北方的影子
在秋水和落叶里沉静
我坐在炊烟下

泊你的秋色太薄
经不起风袭
鸟鸣吹起一缕悠香
转过钟声
阳光灿若金花缓缓的散开
荡漾进水做的云朵
一些贪欲，使蝉鸣温暖的叮咛
绯红染了幽草
光线切割梧桐的斑驳树影
秋天的琴音从黄河之上而来

那长长的呜咽刺伤离人的心
秋天的情话令十月的腹部饱满
秋高气爽，嘴角的笑容
诱惑了西风，吹起岁月的皱褶

困　　惑

一

坠落的心思在星光缕缕中
变成一颗颗疼痛的音符
我的歌声任孤独淘空自己
单薄成一张白纸
我的月色
从黑的缝隙内挤出叹息
一声声的叩问
响成了许多孤独的景象

二

简化的语言
一个影子故作高深地沉默
如临别时你无邪的容貌
在清瘦的路灯下偷偷哭泣
当杂乱无章的记忆铺陈出湿漉漉的目光
在高处，我的惊叹突然冲破月色

三

我静静守望
眼泪聚成一泓湖水
在这个落花的时节
明澈的瞳眸
有多年的憧憬
九月，荒草摇曳
那些落叶纠结出一些萧杀和落寞
唯有你真实的微笑
成了影子，幽怨地停留在水中
等待十月的红叶摆渡一段情事

四

我膜拜在别人的时间内
眼神在烈日的沙粒间滚动
就这样飘然在夜空当中
深入到夜的内部与黑色交媾
从此变成一位无依无靠的流浪汉子
抹去我生长了几十多年的记忆
繁星依旧在夜幕闪烁
我的声音只能躲在心的隧道里聆听

透过烛火看你（外二首）

我备好新的雨露来接你

那一泊思念如烟的天涯
我穿过暗开幽香的蓝色时光
看你倚着暖木独舞
你执意吟唱着一纸惆怅
有时候我渴望
陪你一同坐在黄昏的岸边
看一缕青色炊烟
矮过山岚的雾霭
我们正好遇见一场罕见的云
失去了行走的能力
而这时的雨露恰好
从一页纸上苏醒，惺忪的样子
亲，你该是一朵花的模样
我选择在你盛开过的地方
黯然焚香颤巍巍地挺起一朵灿烂
七月七是你复活的季节
漫山遍野都是灯火
我备好一捧新的雨露来接你

透过烛火看你

光亮之处是你轻启微张的唇吗
那一点点无邪的剔透
撑破夜色的玉兰
在一片莲花丛中睡着了
近处是你的轻叹
叹息若尖刀剥离我的困顿
你迷失在成簇的玫瑰中
此刻，八月的云
从你的眼帘悄然掠过
我起身，在夜色里反复寻找
月光倾城的隐秘
绕不出你深情的眼眸
烛火忽远忽近
草丛中沾满了夜的灰尘
纵身一跃与夕阳一起沉落
透过烛火看你
我看到露水和你甜甜的浅笑
一如嫣红的桃花瓣是我所仰望的方向

我梦中的红鲤向你游来

我闯入你的城池
站在你漆黑的廊下
看不到你的欢喜或忧伤
我假装是一条鱼
从浅水游进你更深的深处
一朵白云足以遮挡住我远眺的目光
我袒露最纯的年华
在荷塘深处练习发声
我的歌声
正好穿过银辉清澈的二十四桥
你却全然不知
我的鱼尾悄悄的游上你的眼角
我们在洁净的杯子上安坐不语
还有一点干净的音乐
正好抵达浅瓷如你的身旁
亲，我的忧郁依然在文字中蔓延
我把我的气息，屏在胸腔内
小心翼翼地吞下你给的毒

我一度是你的（外二首）

我一度是你的

我看见，在朝霞的光芒里
你走进了八月的梦想
我能听到你抱琴独坐的倾诉

一阵雨云穿梭
是你的影子褶皱着涌向麦子
融入水里
我嫩绿的梦
能否萦绕在你的心头

我一度是你的
谁也不能阻挡我
心里是真挚的 LOVE
我一度是你的，也永远是你的
因为，我的心已起航

为了你的缘故

看一些云朵
在鲜花的枝头飘摇
容我费尽思量
在一曲渔歌里细细的吟唱

为了你的缘故，我在
你的屋檐下飞翔
倾吐的那些诗句
清瘦，如你的身影
穿过我的指缝
在对你的思念里恣意泗流

城市的味道（外二首）

幽深如夜的眼
一丝冰凉沿记忆上升
进入心灵的湖水
迷离的思绪牵绊着殇
清醒的刹那是锥心的痛
我是一艘静止的船
没有舵，没有水手
海水，只在眼里涨了又落
落了又涨
却不能掩盖粗糙的世界
我的期盼
落在不平衡的跳板上
让城市的味道
在我的眼睛深处
很远很冷
让我想象不出这个早晨的绚烂

指尖上的风声

一缕瘦瘦的风儿
卸下指尖上的斑斓
弹响半山瑟瑟半江红
一些植物渐次开放
斑驳的影子透过树叶的间隙摇摇欲坠
声声演绎着凄冷的音符
残香瓣瓣，纷纷如雨
风吹过你的蕊做一次消亡的绽放
有关你的秘密
一直是我醉后梦里的话题
好些年无法打开，无法诉说
只任这日子一路萧瑟下去

梦中的雨滴

梦在渐行渐远的怆然中泛黄
在怦然心动的十字路口
不愿让脚步声惊醒你的张望
你转身的刹那
我已把你残留的温柔
全归还给了时间
风吹皱了水面
如零落成泥的花瓣

花的幽香漂泊
倒映的影子勾起爱的碎片
特别是夜里的想念
我以睡莲的姿势躺着
露珠每一次细微的蠕动
足以让我在这个夏天
接住所有的雨滴

想念你的时候（外一首）

汲取一缕鸳鸯湖畔的柔波
让伤心的泪水在波上徘徊
让寂寥的月牙产生对影
想念你的时候
看远远的流云飘来
轻轻地，落在柔软的草尖上
在凉风中触摸你隐约可见的伤魂
一些词语，迫不及待地
有了诗的节律和韵味
守着那一弯月色，我绵长的思念
只有你能洞穿我优雅的灵魂
以及手心里紧握的心事

所有的花朵都是会说话的眼睛

远处的落日在山巅上轻轻挥手
河面开始躁动
想挣脱罩在夕阳下的金溇玉衣
身后渐行渐远的青山

带来七月的芳菲和汛期的苍茫
我轻叩思念之门
守卫我的童话城堡
所有的花朵都是会说话的眼睛
优美的枝蔓间流动丰满的诗句的表白
遐想你的名字
让相思淡淡地描述你月棠的面容
左右摇摆的垂柳
轻轻地歆羡你折旧的风尘
我捧起窗棂上掉落的情话
陷入了莫名的痴狂

从我的诗句起航一路向北

那一泊思念如烟的天涯
吹笛的柳梢
塞上的绿蘸着月光画青山绿水
一路向南写意忧伤
七月，泥土的气息扩得很远
清新且散淡

一些浮躁的尘埃和笑声
令脚步紊乱
夜色肆意不加掩饰地媚笑着
你清澈的眼眸闪过悠闲的日子
雨水无度的砍伐
让我难过，让我浑浊

细雨携情声廖籁
婉约涟漪若即若离
滴在唇边的泪
倒影着前世的憔悴
一滴放在梦里

一滴挂在雨季
等着一声问候来打捞

眼神延伫的窗外
你的味道
在眼泪里虔诚的发酵
墨染的纸上
我潦草的写意
在你的嘴角逗留成缱绻的笑靥

你执意在烟雨的窗外
轻轻吟唱一阕惆怅
我的黑马驮来大片的海水
掩埋七月的阴云
你贴着云朵低着头
从我临水的诗句起航
一路向北

我大声地呼唤你窗前的枫树林
在被秋天染红之前
留几声鸟鸣
泊汩汩的山泉声
让我行走在七月瘦弱和神秘里
让天空遥坠下的雨
纠结着打湿你一排睫毛
淋湿我远去的影子

在我心扉的薄墙上
曾经的一点一滴
蔓延出一地的悲伤
你的笑，在彼岸沉默如花
你的轮廓悄然吐蕊
在我的思念里渐行渐远
无奈的彷徨在心头漫过
那些淡白的云刹那的芳华
在天尽头里，等待我的迥异

七月，未央

一

盛夏的晚风
我蘸着七月流火
用最动容的文字将你追寻
一朵粉色的花开出纤细的三生
你轻提裙摆拨开荆棘弹落尘土
仿佛朝阳里的舞蹈
眼睛里的春水，一缕缕波澜
荡漾在我的梦中，生成眼泪

二

我如约而来，月光剪出我修长的身影
我的目光翱翔在有你的水乡
我在心岸擦去一些人的名字
透过意象爱恋上你隔岸伫立的苍瘦
风绕过笔尖上的落寞，抚摸你单薄的身体
我无法从清瘦干枯中找回青春

也无力回到嬉戏的年华
只有将爱慕的眼神交给过往的风

三

错过了一次飞翔
就缺失了你的爱恋与抚慰
我只好用绿色植被缝补心灵的创伤
并丰富我多梦的情怀
你麻衣布裙，挽着松鬏
有碎夜从脚步上蔓开
我把石头搂进了怀里
用一枚鹅黄的心意掀开整个七月

四

碧绿的思念，沾满麦田的色彩
我撑起一方无云的天空
只为你的步履不再泥泞
轻拈一枚盈香的花瓣，一只红蜻蜓
打湿立在我掌心，你盘起的发髻上
这个季节的气息上升的太快
我试着站在流动的风中，看屋檐上的燕子
裁剪一帘细风，雕刻你青春的手语

红的唇，素指向天

你是我一枚轻轻的露珠
在七月的荷叶上
做一次高贵的离别
你轻盈的步子
缓缓地扭过白玉栏杆
思念是我日渐丰满的果实

让一河清水浣洗空旷和明亮
在篱笆上停着失语的秋天
鸟群从晚霞中飞来，轻轻哼着寂寞
这是你我无法拒绝的悲伤
这时，爱在此岸情在彼岸
一种纯净的相思，缓慢地绽放

在时间的长河里
一棵树怎会有海的颜色
在哀伤的欢歌里
千年的牛羊中间
你说我遇见的是一朵白云

在一行诗中写下最初的模样

我慢慢打开从南国袭来的黄昏
用一些虚构的景致裹着对你的爱恋
只好用唯一的蓝天替换你长青的绿
我听见，爱情的声音恬淡，安然，宁静
英雄隐于草莽，风从天边吹来
见证一堆篝火的温暖

今夜很静，温情如烟
我袒露出纯情，映衬着古老的誓言
我该是眠于秋末的红叶
零落在你必经的小路
在你温柔的寂寞里
妖娆芳菲，红的唇素指向天
一个沉睡的名字被泪水提起
撕开夜色，我的手指无法触摸到这段苍老的时间
我漠然听见思念折断的月色
无休止地潮起潮落
夜的黑正节节退却
成为背影

爱如花絮（外二首）

载过太多欲望，我的忧郁
在鸟语中端坐无语
纷扬的花絮，如夜的妩媚
娇俏的腰肢舒展，一枚鹅黄的弯月
迷朦着，闪闪发光
在溪涧的幽深处
露珠的晶莹
透明如一杯醇酒
我沉默着，沉默着
像一颗暗夜划过的流星
丢下一根缠绵的长藤
谁愿去采摘这藤上爱的花朵

羞怯和甜

荷花盛开的那一刻
所有锐利和柔情
都失去了往日的锋刃
那清香，自花间升起

芬芳于鸣翠湖
不动声色，不留痕迹
成为湖水静穆而端庄的背景
爱总是离不开有月的夜晚
倚于夏日的桥栏
你向我指点着流水无情
梦便有了些许的伤感
我早该牵住你的手去体味羞怯和甜

寂寞的音符

我带着音符
在一种快乐上安居
抱着回忆的陶罐
想象枫叶飘飘的水湄
雨声，在窗外聆唱
雨的颜色若蔷薇
空中飘下的不是花瓣
却是纷扬的离愁
冷色卷走所有的风轻云淡
一颗迷茫的心
被寂静成一片深林
伤痕一样的眼睛，令人终生难忘

西部，五月的草原

被风吹散的星星落进泥土
泥土还在沉睡，与许多树木一起
我坐在美丽休憩的祖国西陲
用一杯清茶的涩苦
用一杯米酒的浓意
一杯藏着太阳，一杯藏着月亮
让清洁的西部在五月中打开自己

我没有足够的功底
用笔尖勾勒出它的美丽
也不能用肤浅的文字将它亵渎
我是一粒秋天的草籽
将西风挟持，以阳光的姿势
偷偷溜进你的肋骨，以月色施肥
让草场均匀的呼吸注入马头琴的神韵

五月，我在烽火台上俯视庄稼，山羊和城墙
蜕去所有的旧体，试图涉入你的远方
我开始仰视西夏的砖瓦以及刻印的文字

把自己的名字几经修复
在某个春天驻足故乡
我隶属于一个永远游牧于草原的门族
白色与黑色的交错，仿佛发出回声的沧桑

与遥远的想象坐在一起
面对辉煌的太阳歌唱
投身于你的杯盏
我把你的名字藏进一袋烟
吸入离心最近的地方存留
即使你眼睛渐渐亮起，走进我今夜的梦
我的梦便携你走进这初夏的阳光

你踮起脚尖，用呼吸温湿我的脉搏
让马兰花给马儿配上最美的装饰
让雄鹰的翅膀给歌声一片蔚蓝
我的思念被丝滑缠住了舌尖
风吹，草动，温存的语气
害怕火焰烧疼颤抖的声音
我只想解开故乡的一枚纽扣
站在烛光里把头埋进你的绿草茵茵

我的孤独托起如月的祝福

一

我的手掠过寂寞
轻轻地从月光的眸子里
剥落出树林的窃窃私语
一个有秘密的人
在大街小巷的黄昏或清晨
我的眼神成为一件无人认领的信件
很想怀抱祖国又觉得自己的怀不够大
于是安静地等待卸掉虚伪的人们
嘘寒问暖，把余生过得欣欣向荣

二

我随一块石头，抖了抖
诡诈的磷火照亮远去的魂灵
五月，在忧伤的身后
我的孤独托起如月的祝福
这一刻，我的眼睛看得很近

我不说假如，因为没有一刻的永恒
哀伤涉水而来，困住我的前前后后
你捎来的风早已寄往江南
我站在朔方只能吹动几缕微醺的花红

三

该用怎样的姿势与你的目光握手
那束比闪电还要强大的注目
击穿了我的眸子
潮湿的，诡异的，无可奈何的狭路相逢
依在记忆的门窗思念在吱吱作响
露珠抖落枝头回旋的乐曲
风往北吹想象着云门轻开
阳光密密麻麻躺了一地
蒸烤着花落成溪的忧伤

四

我用五月遮住月光
凉意渐次袭来
让你的牵挂与我的疼痛平行
你的眼睛告诉我
再美的谎也是虚言
地老天荒的对视轻绕花径
随草色独自醉于黄昏

那条深巷，拐角的墙壁
仍留有，有话要说的刻记

五

没有重量的思绪
无法更改昼夜的交替
谁的手能握住风情万种的誓言
谁柔情的凝眸能望穿秋水
我的呼吸阻塞在另外一个世界
所有的曾经，用夜夜的无眠
喂养那些本已消瘦的思念
我看到这个季节无法比拟的深意之处
小草肆意狂欢

六

五月，这个寄托了憧憬的季节
细雨靡靡的夜晚
我们不提疾苦与幸福
手里透明的杯子
用一瓶纯净的老酒
与往事干杯
偶有雁群衔来斜阳
借你的笔墨让我的相思继续沉睡吧
我恳求阳光狠狠地把我掘弃，葬于春天

该怎样祭奠春天的消亡（外一首）

立夏，刚好用来掩盖静静的流光
这个春天过的很平静
烟雨轻轻
我坐在夏的窗口
感知风的存在
我的诗歌穿过五月的雨
在一个地方等待奇迹涉水而来
在水中平息
我已经拥有春天的时间很长了
从平原到戈壁
春天装满花朵，装满诗歌，装满恋爱
缓缓的开往五月后的夏天

我不知道该用怎样的方式祭奠
春天的消亡
整个夜晚，我被无数的风声击倒
时光的河边，面对过往
垂钓我前世的孤单
我的轮廓，眼睛里的冷

被谁用浅笑带过
我的花朵舒展每一个毛孔
渗透过每一片阴郁
麦子返青，风向转暖
远处，翻飞的燕子提升梦境
我在一场抒情的节拍里书写诗行

我早已忘记了花朵的模样

今晚的灵州是多么的静美
华灯锦织，笑语流转
古城柔软的性情
是绢纸上的风情万种
喜欢左手抚摸右手
喜欢喧嚣背后的寂静
远方到处弥漫着淡淡的花香
而我却早已忘记了
花朵的模样
北地的五月到处呈现出
缺水的干裂
因此我写五月的水,如此干净

其实，可以不在意我的感受
你可以像夏天的骄阳
一寸一寸地蚕食我体内的绿洲
更多的时候，你是沉默的

我不断地擦拭流云过往的匆忙
侧耳倾听雷电的一次次扬鞭
我的文字早已唇红齿白
沿着血流的方向，立夏
轻易地就融化掉我骨上的花痕
仿佛我轻轻的脚步声
被单纯的白鸽衔起
槐荫树下灵犀的翼衔匿的唇，将梦魇啄出印痕

踏　青（外二首）

光线如此清逸
花朵如此芬芳
踏青的路上青草更青处
我遗憾的心事变成声音
该是多么的享受
迎春花儿孤寂地开着
祖国的肋骨上
季节的芬芳温馨
在废墟里弥漫

五月我觉得近了
在我梦境的山崖上
我觉得更近了
在我杳然的归路上
春天的风总是如约而至
那些迟开的花
未绿的树，畏惧疏离
我漂浮的头颅
在深渊面前喜欢顽强的歌唱

滨河大道

今天，我仿佛一个西夏的英雄
看着朔方上的红花绿草
波浪汹涌地覆盖着银川平原
犹如记忆的慨叹
我看见一片水域
似乎在远方，更漫长地照耀
花谢了根没有枯萎
蓓蕾的欲望
在等待另一个风花雪月

五月，有柔柔的蜂鸣
有蝶羽刚刚翩翩
我伫立黄河缓流的河岸
用眼眸浣洗五月的柔情
为荷花布置罗帐
让更红的花朵璀璨的摇曳
我走在修葺一新的滨河大道上
远远望见大片浓浓淡淡的云彩
在我记忆的天幕上鸣响

在春天的情调里跳舞

我用性感的嘴唇对着五月歌唱
风从南面吹落我一路的歌声
我的马匹，羊群，草原
以及拔节的麦子，挺拔的白杨
让我俯下身去
祈求阳光和雨露
刹那间，落满我的枝头
在我谛听的旷野上
用最美的扶摇暗喻

在春天的情调里跳舞吧
放纵自己，舔舐无法说清的滋味
我从昨日的恍惚中撕开一条裂缝
听见了时光走动的声音
脚下的绿色满是湿滑的记录
逐波而行，将心怀的莲羽掰成片片
总有晶莹剔透的水珠儿
潺潺我年复一年的等待
看遍栽培的花蕾和你的身影时常闪现

我的眼神落在了花枝上（外二首）

在你清澈的呼吸中
四月平静地铺满大地
绿色倦怠了所有的意象
挤压在人们扩散的瞳孔里
墨染的雨夜
你走出泥潭走出沼泽
透明的身体柔软而顺从
而你的长发依旧
在夜风中如花瓣一样飘起
我默默的注视着
三月，窗外的桃花开了
我没有在意
四月一场春雨

我的眼神

真的就落在了花枝上
春风的第一场艳遇
春风的第一场艳遇之时

面对四周的安静
脚下是绿色的火焰
原来我还在你的世界里
没有办法消失自己
奇幻的艳阳亮丽出无限的风景
眺望那茫茫山川碧野环周
空气里弥漫着潮湿的气息
可以看到围墙和深巷外的光
泪滴在浅淡光泽里演绎着爱
一个紧紧相扣的遥远童话
穿梭的人们
各自摩肩接踵
那一望无际的朔方
好似奔涌而出悲凉又生动的情歌

青雨入眼

在绿色的微光里
我呼唤
所有的喜悦凝结出透明
那一点点的任性
一点点的倔强
似懵懵懂懂的童年
隔着香暖的四月的空气
青雨入眼
雨雾迷蒙

我以桃花绽放的方式
邂一场久违的邂逅
放纵每一个思念
在你面前故作从容
为你流一滴泪
念你一个人独处的孤寂

清明之花三束

一

四月那些肆虐的风
恍惚了路人的表情
记忆还在暗色的梦里徘徊
缄默之间短暂的霞光里
忽见阳光的颜色
描绘了贺兰山的青黛
谁珍藏起四季亲人逝去的笑颜
谁在春天的边缘寻找记忆
谁放弃了疲惫
在午夜横穿清爽的鸣叫
绽放遍地的花蕾
清风摊开的那一堆纸钱
撩起的清烟
用一个亲吻的姿势
与梦的温馨重叠
覆盖了整个清明

二

就像拥有一场淋漓尽致的夜雨
漫过无涯的隐伤
那些耀眼，鲜亮的衣裙
在时间的那头，飘动着蜂飞蝶舞
牵住我的视线
贺兰山蒙古扁桃的灿艳
点燃了我心中那团火焰
那些片段的固执卡在风中
如一条芬芳的路线
你听三月的影子
正在四月哭泣
把我的花朵零落为泥

三

燃烧的梦，震碎了一个世界
你的影子就此跌落
在风来雨至的那个黑夜
锈成一抹化不开的伤
那年你的名字被刻上一块石碑
光阴的条纹被泥土阻断
蒙古扁桃最灿烂绽放的晨露
隐匿在田野和山峦深处

一种桃红色的思念，在花尖上绽开
还是需要距离的
你这双渴望自由的手
轻易就可以接近天空和大地的高度
任意拥抱故乡的每一片云
风吹拂黑暗与光明的分野
梦枕着哀愁
我的亲人睡在寂寞的墓地
仿佛遗忘了我们和清晨的水流
我如此的依恋自己的耳朵
任我的思念在春天发芽
或许，它会盘上大雁的翅膀
打乱春风的步调
摇晃我的视线
仿佛一袭熟悉的衣裙
落在了我的眉间
搂紧我多情的目光
也搂紧了我心头的暗自神伤

幸　福

荷

让我的手呵护着你的名字
在季节里狩猎
从晨光跌进晚霞
三月，请允许
你以生命顽强的姿态
挣开禁锢的束缚
吐露生命的绿芽
在我敞开的心灵，水声潋滟
升起连绵的画卷
这个清晨，平铺的湖面
飞鸟掠过
几片绿色的荷叶弯下腰
让春天一点一点长高
在月圆的日子
春潮叩响你的门扉
我看到幸福是洁白的盐粒

蕾

思绪沿着迷蒙的视线，穿越指尖
你的花蕾隐匿于万家灯火
我揣着欣喜
稍微一点头
我的思念就绣上你的睫毛
让我读不懂惆怅和朦胧
是挥一挥衣袖的凝香
你的影子散发着油菜花的黄
桃花的红,梨花的白
这些就足够画满你整个的天空
像春雨似地落满音符
拈花的指尖，对着蕾出神
有一颗心，配得上生死交融的拥有
你被绣成一潭深情的眼眸
勾晨曦，纳黄昏
伴着久违了的温柔在脸上轻轻划过

心

我想挽留的手还在风中
我看见自己心尖上的锋利
将揉皱了的言语慢慢熨平
就那么一直微笑

唇边描画着湖水的景色
让一朵花
重回你的枝头
让时光沉默
只停留你的幸福
透过城市的楼盘
我的祝福在油菜花里穿行
让两杯靠近的红酒
读出遥远的话语
我呼风唤雨的歌声
穿透雾霭重重的暮色
纤尘不染

语

你闪电般的绽放
面对桃花
我唯有交出灵魂
顺着尘埃的方向，比尘埃更低
送到心的彼岸
凝视成琴上一根悸动的弦
我给你的祝福
飞成了蝴蝶，在我的油菜花上
有多少温暖的回忆在飘香
风吹过，蝴蝶贴着我的脸颊
呢喃一湾荡漾的湖水

静了又静，柔了又柔
你的嘴唇不食人间烟火
在文字的羽翼下
掠过花香，雨水，阳光
风一样穿梭，密密点点地把三月染绿

剖　　析

一

在林间嘹亮的天地里
我快乐的轻翅在振飞
隔着如斯的忘川
你躲进葱绿的阴影
放开歌喉歌唱春天
我的心
在疼痛困顿和麻木中苏醒

二

要是有一口酒该多好啊
那绿色的清醇
使人想起阳光舞蹈和恋歌
如果有一杯南风的温暖
那充满了灵感之泉
让人心胸豁然开朗
我要一饮而尽

然后悄然离开
去那幽暗的林中隐没

三

远远地远远地隐没
让我忘记
忘记这疲劳和焦躁
面对这悲叹的世界
我青春的痕迹
苍白而消瘦
只有额角几根白发在摇摆
白发稍一思索就充满了
忧伤和淡淡的绝望
那曾经的明眸光彩
明天就枯凋

四

来吧来吧我的酒神
请展开我诗歌的无形羽翼
尽管头脑已经开始困顿乏力
但夜晚的月光这般温柔
葱绿的幽暗
有通往明亮的曲径
我猜想

哪种芬芳能赋予
林莽和草丛以
春暖花开的宠幸

五

我在暗黑里倾听静谧的死亡
请把我的诗章散入空茫
让那死更加富丽堂皇
在午夜里溘然倾泻你的心怀
发出狂喜的歌唱
而我却不再听见
你的歌只能唱给一丛草木

六

别了别了你怨诉的歌声
流过草丛越过幽静的溪水
站在异乡的麦地里想着家
忧郁的心不禁落泪
这是幻觉还是梦寐
别了别了
我是睡还是醒

我的情已被桃花灼伤

我的思念在这一刻撩拨起一川鸟语
三月，整片山冈将桃花芬芳
凝望里，草长莺飞
一绺柔软的风
让记忆中的那些绿红来不及回眸
我的泪水已是心底决堤的潮声
只等你摇着诗的小船
在潮涨潮落中把我捞起
灵巧纯真的阿宝自由进出
令我身心动荡

有人在林影下荡起轻巧的身子
有人在河堤上霍霍地磨刀
而我则扯一江梦网
溯流而去
我刚毅的目光
排列成挺直的脊梁
吟涌出优美的诗行
泼洒出所有梦的釉彩

惊醒候鸟的鸣唱
爱上你也就爱上了春天

梦中有过的千般风情
心，独守着那些清浅的过往
我的目光已穿过凤凰之城
深陷于鸣翠湖的粉嫩记忆
一片芳香弥漫
你已羽化成一树桃花
我无意间摘下一片含在嘴里
已被泪的锋芒灼伤
为此，我情愿长睡三千年以命相舍
从白天沦陷黑夜，只在你的眼眸里醒着

一丛丁香萦绕鼻翼

此去经年
你仍然是我想象的影像
晚霞的浓度把笔端染成金黄
一头青丝，雕满了你的笑
一丛丁香萦绕鼻翼
我的手指挥舞
轻触如画的村庄
我孱弱的呼喊
让群山隐去了悠长的回放

那黑
一次次的看穿我的心
刺痛我的心扉
我摊开掌心
抽取初春的发丝
阻止我匆匆的凋零
春天赤脚里的泥泞
田野上盛开的油菜花
请允我窥窃你与春风亲吻的呼嘘

你消瘦的揉肩
盛不下泪水中的情殇
眼眸，缓缓停靠在我的彼岸
我的羽翼，余温渐散
多想你偶尔的凝视
剪断我痴痴的惆怅
闭上眼睛
桃花纷飞如雨
飘散往事的阑珊
向晚的风醉得山林神魂颠倒
大声清唱
而我只剩流水一把

亲，三月了，我的疼痛复发
云朵轻掠泊着我的心
把那段伤心的语言逐个擦拭
总是莫名地想你
总是想闲云野鹤般的独自漂泊
等我挥霍完最后一缕光环
收敛冰冷的喧呻和骄奢的荡肆
把你的微笑一朵朵摘下
划着夜，贴着草
进入悠悠的梦乡

桃花吻过的脸颊

临近春天
一曲春晓
破了即逝的皑皑白雪
丝雨如织的早晨
那些美丽的花朵
将唤醒我的村庄

我又一次说到河流
深沉的河流
跟着季节变奏的曲调
洗净我隔世的乡愁
我忧伤地眺望着桃花盛开的日子
桃树清瘦，穿越思念的倩影

听任风从我身边轻轻的拂过
柔情的风
穿过远山如黛的睫毛
彼此的掌心一直都攥着紫菀草的花事
一棵草说破了春天的秘密

再小的草也会发芽

坐在春天的岸边
梳理我纠缠思念的注脚
那时的你
浅浅地微笑,温柔地说着话
一个日子被打开
无论是梦里梦外

偶尔一个眼神
都怕碰疼你的忧伤
我深沉的忧郁沉浸在里面
无暇自顾，将诗意攥碎
被风吻过的情思
未曾预约花的芬芳

拥着一个熟悉的昵称
那朵桃花迷离了三月的风声
一些温存袭人的花香
在我的吟哦中绽放
我的梦飘飘袅袅逆流而上
用雕花的目光定义出一个崭新的春天

纸醉金迷

我越来越适应这异乡的凌晨
唱歌的影子低着头绘着花纹
花纹散开，身子变的轻盈
条形的茶几被阳光擦亮
窗外的风声落入河里
露出美丽而妖娆的裙子
我愉快的四肢，疲惫的睡眠
铺展在胸间，越来越远，越来越空

我的祖国，我的异乡，我卑微的庭院
翻过黑青色的贺兰山
我石头的家乡
阿拉善这座边塞小城
树在沙海里低下绿色的头颅
城市的脊背勾起昏黄的尘土
躲闪的花头巾迟疑的跳跃着
风吹进来，树木已经失去气味

悬在空中的欲望

像一只隐兽
吞掉一张张熟稔的面孔
那些塞满迷情的杯子
已提不动一丝清醒
潜藏在黑夜中灵魂的贞洁
那些厚重与纯朴
背着风，洒落一地醉态

子夜里慢慢清醒过来
伤心的影子在孤傲的夜景里微笑
当一滴水注满身体
我有足够的泪水表示忧伤
这个下午，我脱去奔波，脱去焦虑
等待身体腐烂出铜臭
我抖擞的脚发出咔嚓的声响
像踩在雪地上做一个春天的梦

城市的风景让夜色彻底掩埋
一些金属的响声
越发刺耳摄魂
听得出那是钱币在跌落
情感变的倾斜沉沦
精神触电般麻木不仁
一些尖叫扰乱分寸
一些煽情惊动眼睛
哎，这些疯长的贪心

灿烂阳光

正午的时候，冷空气的影子已经荡然无存
我走在西湖公园的石板路上
这时高原的阳光
正在一片叶子上散步
云的羊群
啃着蓝天下最后的青草
水鸟奋起，与浪花无关
十月的水域
他们的降落
还隔着冬天的一场雪

一座城的空寂就此开始
仿唐建筑的八角楼上飘出舒缓的音乐
音乐的背景，背景里的人影
把灵州城，舒缓又缠绵地展开
黄菊花怀揣清酒
她的花瓣洒向荒芜的大地
我低下头，在寂寞的阳光里
我看见台阶上一些落白

透明、赤裸
风行水上漂向虚无

我的脚迹踏在盛唐人物握碎的时间上
踏过他们牵手的空间
斜斜的方格里满是太阳的光芒
我用孤独的眼眸瞄着淡蓝的天空
倾泻而下的皱纹
已经被执拗变得越来越老
我安静地坐下,看孩子在空地上嬉戏
看穿过这座城市的车水马龙
看鱼儿在水中吃着阳光
看哀伤隐匿于秋天之下

打捞落寞

你是一朵暗伏在我命线上的雏菊
丰盈了记忆里某一个回眸的惊喜
起起伏伏，迤逦的光影
行走如风
在季节深处洁白了风尘
心灵里对你的直视与遥想
决然潇洒地溢出了我的血液

这个被乱梦纠缠的秋天
一个眼神落下的瞬间
既猝然想起
贺兰山深处清澈的水声
水声覆盖之下的枝叶
伸长进了银川色彩斑斓的水池

白色长裙漂在清澈的水面
从远处飘闪而来
穿过我的眸子
穿透我黑色的记忆

它宛若一束光
把我从落寞中打捞上来
这时枣儿正红，炊烟汹涌

我爱过的月光
正凄清柔柔旋舞而升
属于我的田园已荒芜
泪悄无声息
漫过窗台淡淡的菊香
一次又一次摸进自己的迷宫
水晶的身体潋艳波光
白皙的手变成了叶子
叶子变绿与我不期而遇
我微微闭上双眼
慈悲的幻想
风流的夙愿
男人的泪水比金属更苍茫

说给谁听

你的浓艳让我迷惑
飘飘的衣袂在风中摇曳
叶绿花红的眸子
在圣洁中悠然绽放
他们还在歌颂草原的美丽
我的风景却破碎于阿拉善的荒凉
我不想拿起游牧，狩猎
那支野蛮的箭
一匹悲伤的马绝望于秋天的黄
一块羊骨在阴影里沉思
无法沉默的卑微
让一本信仰的书寒冷如铁

你的贫乏让我放弃
高高跃起的月亮
在 109 国道上狂奔
白瓷瓶的银川老白干
与夜色交媾
口中念念有词，往南是平罗

往北是石嘴山
在这样的梦里
穿过大武口煤炭的黑
坐在银川的羊杂碎摊前
谈论着中午的拉面
下午该去哪个酒馆

你的凝视让我看到了秋天
困惑的影子，让我领悟到
一种不寻常的孤单
我坐在一块石头上
仰望贺兰山
是你的暧昧
让我在河套酸曲里坐怀不乱
我的感知无从所知
在戈壁里潜伏
在平原里出现
从银南到银北
女人的普通话凌乱不堪
男人的本地方言粗俗简单
无法低估的往事
因偷喝父亲的烧酒
至今仍贪杯恋盏

痛苦过后

今天我看到一个名字的背后藏着不可逾越的隔阂
沿着一根黑夜的肋骨，病菌在它的躯体间滋生
我说过的话总是不能当真，我说到了要离开，却总是舍不得
温柔的侵略是善意的，总是告诫自己
那些粗糙的，冰冷的，尖锐的诋毁，都是丑陋无依的
远处的声音近在咫尺，却无法触摸也无法预言他的忠诚度
语言的导火线，一点就燃
我看见那个人拖着一根生硬的尾巴
因此那燃烧就显的很软弱，虽然他们的野心十分张狂
够了，我的孤独被越拉越长，如碾过的夜卡在喉咙
长长的影子与怨恨，使我已不能用红烛檀香来祭祀那一拥而来的屈辱
剩下一只鸟在寂寂中唱着，飞翔的精灵落在梦境
我是一缕黄昏里的炊烟，一入白云皆成虚设
屏障藏于内心，游离于物外情绪却在物内
顶着无数支光的箭簇，我的额头有足够的果敢
眼前的云朵很瘦，雾已拧不出水，唱不起歌

我们终将无语而别，并痛惜自己的改变
的确在一个梦幻里，只有昆虫的低鸣不会留下忧怨
我将用记忆拔光彼此身上的刺，如喑哑的水鸟缓缓飞过
祖国山河

春色的诱惑

纯洁的百合像星星
一样散射着幽光
早开的水仙也这样
一排排在园中盛开
花坛的土壤已经松开
摇曳的吊钟花也像瑞雪一般

淘气的紫罗兰在故意躲藏
任何一切　欣欣向荣
总之　春天在积极活动　得意洋洋
你诱惑我趁这阳春烟景
前往绿野　前往水乡
开怀畅饮　抒写辞章
一杯一杯　一行一行

从牧场上走过的羊群
看见一片圣洁的绿草
开出万紫千红的花朵
幸福在我眼前散开

一幅轻纱像雾气一样
拨开云雾让我遂心

发射你喜悦的光华
对着金色的光芒大胆地注望
不论是黎明还是夕阳
都想留下这春光
在我的视线窥探之处
永远是我的东方

朦胧的暮色从上空降临
身边的一切已经遥远
美丽的清光最先出现
雾霭向着天际弥漫
一片黑沉沉的阴暗
掩映在休憩着的湖面

在东方的天际
我预想到如火的月光
鬓发似的袅袅柳枝
嬉戏在最贴近的水上
柳影的摇曳晃荡
月亮的魔光也跟着颤动

一阵沁人心脾的冰凉
从我的眼里钻进了心中

我害怕那迷人的天堂
直观和信仰统一在你的身上
我陷入这令人担心的
灰色织成的虚像

可是探索却孜孜不倦的追求
追求规律、根本、情感、原由
不要干扰宁静的欢喜
让我在这里流连把盏
在孤独时才产生灵感
放心吧　不朽不灭是永恒的诗章

如今我才认识蔷薇花苞
可惜蔷薇季节已经过了
幸有一朵晚花在枝头怒放
孤零零地补偿花国的凄凉
在我临走之前你还有什么赠别良言
不要老是憧憬遥远的未来
于此时此地发挥你的才华

另一种诉说（一）

我坐在孤独中享受寂寞
远远的都是扫墓人
兴高采烈的孩子
眼含悲痛的妇人
而更多的是一片茫然的眼神
清明有一滴泪划过
落入刚长出的绿芽中

当沉寂的心情被某一个电话唤醒
孤独和痛苦早已侵略了我的所有生活
面对你轻轻的呼唤
我只有用无声来回应
用酒精来麻醉我那不能安眠的梦

我总是在春天里忧郁
没有目的的伤感
情感已变的很脆弱
为经过冬天而没有复活的花草
为了那对忙于修筑旧巢的归燕

痴痴的望着天边如画的夕阳
蹒然泪下

无论多么深情的思念
都挡不住岁月车轮的碾压
因为肩负的责任太多
对承诺太执著
所以忍受的煎熬就比常人的痛苦慢长
总有期待在不远处等候
总有幸福在梦中招手
而经人的思念
在相见的瞬间
只能把爱怜的泪下咽
怕你伤心
怕你哭
那不是我的心愿

没有准备的跌倒在春天的怀里
我会长时间的蹲着静静的看那才露芽的小草
听它默默的诉说
诉说风对它的关怀
雨对它的滋润
还有我对它的深情

害怕夜的降临
却喜欢黑暗里的那份寂静

坐在院落里的那株老槐下
听风和新芽的对话
或来回徒步
踩踏着满腹的孤独

今天我被思念击挎在酒杯里
当那撕心的煎熬敲打我时
烦闷和焦躁
竟和时钟的滴答声
那样的不协调
于是那滴答声就成了我下酒的菜肴

另一种诉说（二）

对着这满园春色的蔓延
心中的苦闷愈发的沉重
走不出清明的苦雨
走不出对她的释怀
当一天在忙碌中结束时
回到熟悉的环境里
那份疲惫竟又被那忧伤加重
总是告诉自己要快乐起来
总是告诉自己要走出这忧郁
无法走出这痛苦反而加重了痛苦

春天里飘起的雪花
落在了我泥泞的心上
沸沸扬扬的柳丝在雪中舞动
幻化出万种风情
雪花划过眼眸
不由的湿了远处的田畴
桃花开在坡上
坡下是一块麦场

空空的没有童年时
大大的草垛天真的迷藏
桃花开在我的心上
梦中我常闻到它的花香

无聊的天空刮起语无伦次的春风
刮来了雨
刮来了雪
刮开了枝杈的花蕾
刮绿了满树的杨柳
却掩上了我的心扉
感谢那些不幸的日子
让早晨的风
沿着屋子的顶棚
吹过慵懒的花朵
风是自由的
它走过许多河流和山峦
在黄昏
为我唱起故乡的歌

我看不见
春天里充溢的雨水
甚至看不见明天
雨水把时间涂在树上
这些时间吐出绿绿的芽
充满了晶莹的痛苦

另一种诉说（三）

每天这时候
我都要去田畴看雾霭
在西天鹅黄的门楣下
悲伤游走着
迸散开来
身后有荒地
墙上有影子
星星被选了一遍又一遍
画在银河里

鸟飞过月亮
月亮很干净
那些树
那些被风揉过的绿草
蹲在那里
静静的飘过我的前额
紫色的花朵还是那么忧郁

我坐在桥上

看河水流淌的姿势
春天在桥下轻轻走过
芦草不高
河弯里各种鸟儿却很多
晒热的水伸了个懒腰
影子有罪
被阳光齐齐的铲去

风在篱笆附近响着
所有的花都已醒来
万紫千红爬上树杈枝头
早晨的花很香
同时我看见窗棂的梦幻
正翻越篱笆侧身而去

我渴望升起
在空中独自行走
蓝幽幽的街在楼宇间游泳
水　星星点点的溅在我的脚上
我喜欢干净的水
城市的喧哗闷死了一声吼叫
我绕着黄昏的光线慢慢的升起

雨在记忆中走着
雨里有一种清香
我握住思念的手

在满是沙砾的地上掠过
是什么落在了地上
在南方的上空
我看到几乎垂落的愿望

在雨中我无声的祈祷
河水流着洁白新鲜的汁液
浅浅的水面上出现了花纹
是你走过的影子
在我身边颤动
露出淡淡的笑容

另一种诉说（四）

在电话里我们说着黑夜
正方形的光透过酒瓶
那纯洁的酒告诉过我们什么
那紫色的酒告诉过我们什么
很可爱的笑眸
使我们的血液充满了波纹

我清楚地看着她
清楚的看着她淡淡的发丝
在暴风雨中飘过月亮湖畔
四月我回答过
一些花离我很近
身后是五月
五月的呼吸有点热

巨大而溅满泪水的黎明
把我从梦中摇醒
我知道这是流向心中的泪水
许多失败的碎片

在我的额上落下
没有时间的今天
一切都在梦想之上

许多伤口在春天微微张开
一小团温暖的伤痛
走在窄窄的路上
一脉田埂
禁止伤痛和幸福
并肩行走

我把伤痛传给森林
森林开始抖动
发出阵阵呻吟
风蜷缩在一起
而我却伸展着
沉默和痛苦一样重

旗帜在广场上舞动
那是片展开的彩色草原
候鸟在水的墓地上鸣叫
孩子在金属栏杆上玩耍
高原湖城的一声闷雷
惊醒了五月的第一个早晨
我还在睡着
和五色种子睡在一起

只是不会萌发
欢乐把重镇和新城
变成无法流动的河
五月我还在听北风
唱一首骗人的歌

庭院里是一片寂静
生命和云朵在远处
被四月洗净的台阶上
停住脚步
听鸟委婉的鸣叫
阳光在湖水中移动
我开始挨近那些光线
叹一口气
相互照耀着
听一个北方的寓言

另一种诉说（五）

她总是低低的站在我的梦中
眉心闪着天光
我紧紧靠着墙壁
亲吻新鲜的花朵
呼吸变的十分缓慢
梦推开夜晚的窗子
花儿时亮时暗
煽动着翅膀

黄昏临近时
呢喃的溪水
漂净了我的灵魂
水底五彩的卵石
开始游动
微笑从浅草地上升起
我飘散着
随绿叶飞上枝头
把命运交给风
等待秋天的凋零

放逐思念
用最美的姿势
亲近你飘起的发丝
风偶尔抬起头
我的眼睛便有雾涌出
五月的草坡浅水中
夕阳下你的影子
总让我如痴如醉

日子是哭泣过后雨的面孔
我用雨的眼睛把枝椏凝望
林中的每一片叶
都在呼吸中寻找平衡
一个游离的声音藏进一颗粉尘里
在夜的翼下簌簌作响
那草地　山峦　溪水
早已熟悉不过
心就这样秤着
乒乓的敲门声

五月的风
在故乡的一些城塔上
偷走了你的丝带
像一团线那样散开
风生在山上，然后吹到海里
一路上抽打着林木和池塘

我的心，和风一起走的太远
在浩淼的海上
我找到你的脸和那没有尽头的手

请用你细密的眼睛
察看这辽远的北国
一片片淡色的云彩
在风中摇曳
使我想起，在回廊的绿荫下
玉立的你
目光像沙滩上的月光
你那幽幽的歌声
星星点点的传向我的茅屋
渴望在风中摇曳着
摇曳着　摇曳着
激起无数的翘望

沿着小路走进风里
让我的左边
忘掉右边所知道的痛苦
悲痛的五月
我为自己虚构了一个想象
头颅，将是一笔遗产
就在你的心上
一只小鸟开始筑巢
两个身躯将熔结为一体

另一种诉说（六）

夜的低语

夜影松开紧缠的树枝
松开心灵的回忆
如疏叶后的明月
那高高不回答的枝头
瞬间扬起沉郁的嚣骚
我止步，山峦发抖退至远方
现在正是人们的季节
绿色使山川和大地复苏
裸体的月
驯良的星
在我的檐角旋绕

星　星

别关窗子
让风止步
让星星在幽蓝的花纹中

绽放
我喜欢精致的夜空
别关窗子
让星光彻夜抚我的梦床

尘埃的叹息

清晨，草儿睡在它的绿云中
而我却睡在梦里
快乐的肉体将我围裹
我觉得自己做过梦
梦见驰过古堡
和火热的五月之风
太阳躺在我的膝上
任意一片云都被漂洗过
朦胧的世界
满是，烟和钢铁
而我的思想，穿过铁锈
漫游于一条利欲熏心的街上
风在鞭打着我
最后停留在一棵树下
像一粒尘埃

曾　经

黎明时看见你
沿着长街
向含露的田野走去
山的高处有一个裂口
快乐化成千道小溪
流到你的脚下
鸟儿把你的双眸
从嘴里带到山上
像五月的风
吹起你的头发
吹动被我亲吻过的朱唇

枝头的泣语

晨曦亮起一幔青烟
风从蔓缨垂枝下
踮着芦苇丛的波浪
荡起一阵笑声
揉搓下一片残香微晕的落花
这使我想起
某一个欲言又止的黄昏
一只柔软的手
把夕阳抹上我的肩头

从此以后，每逢风起
我总是会凝神聆听
你在枝头的泣语

关　怀

睁开渴望和信仰的眼睛
把淡忘的梦想思念
快乐只是旧日的回忆
青春在渐渐衰老
夜的冷风拂过我的怀想
怀想为不幸穿上外衣
让灵魂在醒来的路上
不感到寒冷

隔　阂

有时看你的眼睛像雾一样
不知道你的愿望
有多厚
时间用模糊的词
织成你我之间的幕布
深的无法去测量
在时间浓密的幕布下
我扬帆而去
寻找幸福

另一种诉说（七）

给 汶 川

新的一天正在来临
跟我走吧
去抛掷头颅
去洒尽热血
这时刻关爱
都默默地流向一个地方
山脉全部的地方
那里有无数的同胞已经安眠
断头流血的太阳
请天空的女儿和诗神
为他们修筑另一个美丽家园

影　　子

那片平坦的田野上
那片没有阴影的平原上
我沉重的影子

是我矮墩墩的伴侣
我的声音沙哑
唱着走调的歌
是谁的双脚歇在我的肩头
地平线像把刀
收割着炊烟
使我在没有污点的街上过夜

往　　事

池塘边有轻风吹拂
寂静的夜影躺倒在四方
我已归来
往事，却一去不返
拥有的一切是多么单薄
我不会忘记这种惶惑

最初的痛

那些最初的痛苦
在蓝蓝的天空上
投下悲哀的影子
鸦雀呜咽着飞走
那些废墟上
痛哭似乎轻而易举
实际上却悲惨万分

梦　想

我在梦中唱起一支歌
献给了所有的花朵
像青草一样
把成长的梦想，告诉夏风
山坡上那丛灌木
已梳齐了头发
它们庄严的面对太阳
等待秋风吹过山谷

悦耳的歌乐

早晨的空气
自在的，自由的
在北方的天穹流浪
它很顽皮地
捕捉一些沉寂
在陆地的两舷
弹拨出悦耳的歌乐
让蜡烛的热恋
凝成一滴泪
快乐的消逝

飘

透明的影子向你飘去
并将自己投入
他们不解的蔚蓝色梦的怀抱
我的日子仿佛是蓝色的冰块
在平静的寒冷中
在充满灵感
和你不朽的面容前
闪烁跳动

生活拾遺

写给燕子的第二首诗

看着冬的颜色愈加深厚
我知道　这是
渴望温暖和关怀的季节
你送的那盆九月菊
刚刚凋谢
怀念还在你转身的眼眸里闪烁
那次告别
眼神还溺在夕照里挣扎
满街的灯火都是滚烫的泪水
我祈求过往的风
吹过你窗前时轻些
在你散步的江岸慢些
从你坐过的树阴　花前
柔些
思念在我们的季节
从不落叶
满眼都是你的花期
抬头是盛开
低头是盛开

你停过的地方　还是盛开
芳香如蜜　娇艳若滴
祈求远在异乡的你
被月光深深浅浅
镀上风声
吹回我怀里
拂过长椅　书亭匝地徘徊
留给微笑和街灯
沿着键盘的小小方格

浮萍的背后

面对浮萍,休说当年
我的梦想在天空飞翔
面对浮萍：我已经熟悉你空间的大街小巷
尽管对于它们的来历一无所知
走过康桥，面对浮萍
轻轻地，轻轻地
我为一片雪花飘落
冰光洁影，我倾心于你的婀娜

秋天，深得投下一块石头都不应声
在浮萍的背后，你如一棵山菊花
在山坡上静静开放
弯弯的眉毛锁住往事的欢乐
一些风景，在远方
打着蛊惑的手势，邂逅你
才知道我们早已熟识
只是我们被光阴遗弃在季节的交替处

习惯性的从水面上滑落

宁静的浮萍，预约给你的等候
透过雨雾的纱幔独自照耀
宛如无法掩饰的爱意
秋天是一列奔驰的火车
哗哗卸下了一望无边的金色浮萍
比我的草莽诗歌写的成熟得多
那些落叶曼妙的舞蹈
诠释着冬季枯败的吉祥
我那被幸福豢养千年的忧伤
在冬日的屋檐下静静地流淌

潮湿的芳香
来自落满故事的斜径
靠近一朵浮萍的篱门
延展成一片曲折的月光
塞入暮色冰冷的苍茫
我抚弄风的短发
试图捕捉催开花朵的魔力
眼睛的温度，蹿升目光温润的交融
我们共举一竿弯月
垂钓沉没夜海的默契

月亮里的雨滴

一层淡淡的雾气
滚过一对恋人
点燃墨水和眼泪
别当我是池中之吻
风起，叶落几片
以及南飞的鸟
横越苍山
谁在暗淡的时光里
书写了悲歌
谁在喧嚣的人群中
倦守孤独寂寞
月亮里的雨滴
有迷迷茫茫的雾幔
充满诱惑的颜色
月光，穿过树林的雨水
哼起久远的歌谣
摊开手掌
接住你眼角的雨珠

忧　伤

秋天，柔软的水
残忍地划过雪花的疼痛
远处的菜地和果园
被忽略进破碎的衣襟和伤心
这些都很疼
被过路的风，轻轻吹起
凝结成一滴珍贵的露水
闪烁着你的影子

一层一层划开寂寞的清晨
河水洗白了夜鸟的啁啾
掖住一个奄奄一息的褪色娇羞
把我带入秋天的梦境
我用缄默
做成一片枯凋的碎叶
透过窗户
天空的蓝会不会是一朵白云的忧伤

孤　独

我不忍心告诉你我的孤独
继续在心里为你编织祝福的花环
夜晚的裙边湿了一小段诗歌
萦绕着，在记忆里越走越深
似乎只有黑色才能掩藏住我无边的寂寞
而你的眼眸却越来越明亮
似水清，似月明
在云间羞涩的一笑
秋风经过时都一步三回头
一些零散的书写体
开成所有的想象
在心里涨满成海
长出一地浪漫的思念
平视幸福，这一指厚的距离
我用所有的日日夜夜
都难做一次融合
于是，我的孤独
长成阴形的蛇嗞嗞地游走缠绕

秋　　思

蝴蝶记忆里斑斓的痕迹
一瓣一瓣地绣在秋天的翅上
我在情窦初开的夏天
在故乡无法抵达的黄土地上
每一次仰望
心都会疼痛着矮下来
那些凝露的思念
是一条善良的手臂，抱着你，托着你

你是谦卑的姐妹
被簇拥在翠绿的春色里
快乐成一轮皎洁的月亮
山岗的起伏与你不谋而合
我卸掉年轻的盔甲
这匹驰骋过沙场的老马
已瘦成象形的骨架
等待填充着余生的空白

带着朵拉浪迹天涯

不要轻易拒绝，带你浪迹天涯
我能给你的只有孤独与冷漠
有风走过小桥头的记忆
依然，是浅塘的翠绿
朵拉，你看原野充满诱惑
进步已经开始
月亮爬上天空
我帮你卸下所有的疲乏
只留下轻松
让月光，把今晚寄回童年
小马驹的赭红
比春天的桃花暗些

忘了告诉你，朵拉
这是一个完全寂静的地方和季节
我们需要漫长的时间来击打情感
我轻轻地走向你
带你种植着青色的天空
你的桃花小扇

是一季的繁华

我对红纸伞的眷恋
分享着你的呼吸
你的眼泪太盐
我无法迫使诗歌离开你的花香
原野静悄悄
沿着阡陌
我带你把远方的灰色拉回来
种植在诗人的草屋里
准备迎接身后的秋天

独　白

那段伤逝辗转于我的独自迁徙
让五月，以流烟滴翠的旋律
把我平平仄仄的心情
拧成一管灵巧的柳笛
在你柔软的怀里烙下深重的痕迹
打开你甜甜的微笑和我忧郁的记忆
如果我给以适合的水面
我将温柔的庇护你起飞的翅膀

时光安静的走来
在灵动的笔墨间葳蕤
在一颦一笑之间
演绎无数故事的精彩
我的独白无处安放
在耳畔，倾诉百年的寻觅
那杯苦涩的黄藤酒
不能濯洗风尘的青衫

攥一支遗失了诗句的笔

打湿临窗的眺望
漫过荒芜的沙丘
一曲颤音盘旋在岁月的渡口
而我们总是在梦的边缘呢喃
让无数个春天，寂寞地花开花落
如染的豆蔻
在我的眼角静悄悄地吐蕊

建设者我的兄弟

一

当夜色淹没了那些疲惫的姓氏
大机器将建设者的汗水烘干
天空中硕大的月亮
抚摸着他们伟岸的风骨
请歇息吧，我的兄弟

二

我兼并的不是诗歌
当硬硬的直尺
分辨出数量和面积
我听到万头攒动的工地
在拔节，在成熟
而尘土在图纸上抽象的吟唱

三

在砖与混凝土交织的诗里
沉闷的呼叫
从楼层的增长中脱颖而出
到达与风厮磨的天空

四

从南国到北疆
建设者，我的兄弟
在工地上捧出自己年轻的脸
跑过简易的工棚
轻拭汗水的衣襟
把你们的前额和身躯
从喧嚣中分离
在脚手架上崛起
编织着混凝土的经纬风景
让楼宇的峰岭
抬高我们的眼睛

给我热爱的人写首诗

五月，乡间树荫里
一米阳光在树杈上舞蹈
踏青的脚步响起，让阳光明媚
我的歌声在五月随处漂泊
春花里盛开着故事
我会为我所热爱的人写首诗
我确信这一刻是幸福的
略带倦意的风不时拽动嫩绿的树叶
眯着双眼，踩着阳光奔跑
我确信这一切都是幸福的
我的诗句和河水一样安静
不需要喧哗
正如你的矜持
无须吐露
一个微笑足以感动整个五月
春天，你会临窗听雨
于是我在五彩云间种植缤纷的红
通往幸福
掀起爱的波澜

用歌声丈量五月的长短
我的心海有一朵不羁的飘蓬
情节演绎是春天跳舞的方式
我确信欣喜的悸动正翻腾
朦胧的目光煮红了五月的艳阳天
这就是我看到的最美的春天
花红柳绿里扭动着的轻盈与热烈
你的雨是我心头最牵挂的诗句
激情而无声的言辞撒落一地
这就是我看到的最美的花儿
在最美的春天，用最美的花儿为我热爱的人写首诗

黄昏的前奏

沉默总是让夕阳显得苍老
我在窗前推敲
黄昏的前奏
春色总是年年新
寂寞的心此时在流泪

远行的背影穿破
消亡的渔歌
盘旋而过的风，将心情
翻转成一个虚弱的弧度
让许多往事在红尘里弥散

我想象我安静地站在那里
黄昏盛在碗中在眼前荡漾
我能分辨出混浊，污垢
然后保留住记忆
一滴一滴震撼臂弯

是　你

斟满一杯淡淡的美酒
柔美的春天润如我眸
桃花的预谋与季节无关
内心的藤蔓纠结于四月
一些光从我身上涌出
吸吮枝丫的小小花蕾
我陶醉如一个新人
将那些孤独
白花花的胸脯占为己有
放歌一曲
屋外，有数丛灿烂的桃花下酒
我想我的情感正好够埋没

歌声的水墨

我的歌声在屋外
在江边，在花前月下
不停歇地吟唱
像一幅水墨衬着远方
我鼓鼓的惆怅似沉重的典故
总是留一点情感洒向孤独的今生
四溢的柔情在无声的对视里轻漾

脚边的野花绚烂地怒放
如锦似缎
刻意烟色的四月
用相似的场景
挟持所有忧思　沿你的足迹
打马北上
只留面颊上纯真的无垠

我想趁着夜色
可以越过一道美人关
这是个看不见五指的夜途

我总是夹在一个美妇的松涛里
夹在她薄薄的春味里
等待时间，消磨着万仞之黑
遐想我拥有饱满的青春可以馈赠

旧　　伤

我的孤情寡义究竟馈赠给了谁
是如烟绵软的垂柳
还是甘露、鸟语妩媚娇柔的身段
春天一条河静默的思考
你眼里的雨终于停了
守在无尽的寂寞里
容许我此刻端庄些
且舞一场
我的母语
散发沁人肺腑的朔方气息
每当春天轻默路过
我都会低声问候
以应验我衣衫内陈旧的伤痕
这需要一次绝密的降临
奔向另一个未知的领域
唇齿间有飞花逐落的驿动
并且有我独自的水域
很想叩开熟悉的心扉
练习桃花将以什么借口向春天表达
心随四月　往事皆被放倒

祖国的春天抑郁的像病症

今夜，身体的轮廓驻足而立
站立成生活弯曲的幅度
站在花朵的边缘看蝴蝶飞入花丛
一些香艳的文字
从单薄的睫里探询时光
而我的鞭声是天空的飞鸿

多年的伤口伴随着土地的哭声
交织成人类的呻吟
麦子大片大片地绿了，旁若无人
生养你我的故土
身上还沾着多少干枯
在白昼为了一滴水而失眠

在大自然的怀抱中，抑或襁褓中
是谁一瓣一瓣地剥离树木，青草
让你的马蹄从花丛的积淀中踏入荒芜
牧场和村庄以及太阳被浮于干渴的部落
死亡正以蛇的方式
游弋在花丛的对岸

通体的黑光震慑众鸟和山林
绿色的土地从绝望中起程
它褐色的影子像是空旷得不着边际的孤独
闭上双眼，思绪轻盈的飘摇直上
我似乎嗅到沙尘暴的味道，依然那样强烈
祖国的春天抑郁的像是病症，偶尔下的雨那是谁的眼泪

春天的十里画舫

我用一个隐喻
那是一朵花，一只鸟
划过湖面，归入山林
我的心底一直存放着你的眼神
看不见喜与悲，将花朵抛给雾夜
羞涩四季的妆容
你曾经的笑容，关在了我记忆的樊笼
偶然想起，疼痛便闪烁一下
那些长衫宽袖也被沧桑的岁月无情淹掉
仿佛耳边传来春天的声响
夹杂着花朵开放的打情骂俏
对于更多的绽放和新生
在阿娜妩媚的熙春台
看诗人笔下的剪刀裁出十里画舫

顺着春天的音色前行

春天在你的面颊
插上两朵凝滞的云
不曾忘却的眼里
再次露出你深陷的唇
许多芽孢，水珠
新鲜的，暖暖的
刚一露面就被煽情的对白瞬间击倒
亲，顺着春天的音色
翻开野花和青草的秘密
我的酒杯，盛满油菜的香味
桃花越来越瘦
梦变成一张薄薄的纸片
掸掸风尘穿过呼吸，似轻叹
已捡拾不起，稀薄的空气

无解的咒语

当我从酒醉的梦中
醒来的时候
晚霞低垂着
被我祝福的亲们
在穿越孤独的几个瞬间
蓝色的灯光是海的絮语
那么缠绵，那么亲近
夜的咒语贴上你寂寞的窗棂
在两种声音之间徘徊
三月，灿灿如金的春天
汹涌地涨潮
冬天应声而遁
你的影子在浪花里出没
一半在空中，一半在泥土

我是春天的秋千

一会儿是蝴蝶，一会儿是风筝
我是春天的秋千
一头系着太阳，一头系着月亮
在白云搭起的踏板上
一左一右的荡起来
越荡越高，星星爬满了我的鼻翼
桃花潜入夜色
斜风细雨被更多的红染成扁舟
下往江南
一些话语，在这个宁静之夜
在衣带渐宽的深思中
渐渐地与爱无关
我会把那些恬淡的风
安放在花瓣上
搬一片云装点你的西窗
我一步比一步瘦弱地走在生活里
让一生的怀念只在梦里生长
那十万缕发丝让它们截然而止

与一场夜雨骤然相逢

总有黎明抚慰心灵的郁结
我愿在梦里触摸红色的花朵
我的倾诉，只为一个优雅的舞者
是的，我会在这里
只为那一声声雁鸣
我不再苛求思想的高度
告诉自己，时间是刀
我似乎听到你长久的凝视
像是三月的鸟在歌唱
我用一声长叹
让杯中的水渐渐回到从前
我的泪雨凝视成沉重的失落
我相信四月的落花
凋零的花瓣终会与一场夜雨骤然相逢

我用痴心为你写诗

亲，你的舞池霓虹启迪了我的幻想
你所赐予的，我在三月的街头
用吝啬的优雅挥霍素色的青春
我们真的存在过吗
当初浸透欢笑的泪水
随音乐、风、花儿飘起飞舞的心情
此时的记忆，正播放着花朵开放的过程

亲，我能照见你睫毛上跳舞的灰尘
我已感觉到幸福的气息
透过我的神经
温柔我沉闷的思索
我犹豫着打开心底里的秘密
昔年的萤火虫，像千年前的灯盏
拨弄着琴弦

在某一个盛开的黄昏
我已没有力量对抗妖魔
我听到前世的美丽和丑陋

一直在唱歌
我久久不言，不去打扰
怕惊了那闲适的风情
溅落在我韧性的面部

春天，群雁的叫声深沉欢快
当优雅被典当在时间里
年华再次被赋予了色彩
那些比我预想的
还要深的蚀骨思念
一次可以让爱化成蝴蝶的机遇
随时都会用温柔剁碎我的情诗

春天的鹦鹉

一些精灵在感情的舞台播放花朵开放的过程
远山苍凉，唯有我的鸣声挤进阿宝的屋檐
凭窗远眺，我的眼睛被一阵彻骨的寒凉刺穿
闪闪烁烁中空气变换成了一团雾气
踏着斑驳月色的风情，舞一段红绸
走近三月间，我的胭脂染红了一片荒原
整个三月的午后，我的歌声都是唱给阿宝的
这时候的阳光，在动荡不定中漂泊，溅湿了我的眼睛
你走来时百转悠扬的那条小径仍曲曲弯弯
我脚步极轻若不闻声，如风轻拍流云的背脊
吟一曲过往，羞涩四季的妆容
在我和你所膜拜的无撼中
青砖，绿瓦验证了我们的爱情
你卸下所有的矜持
吻过寂寞的田埂，忧伤的堤坝
在我栖身的枝头用温暖的心收藏来生
在我哀伤的时日里，我从北国的大雪里来到你南方的早春
于是我读懂尘世后，与你踏歌远行

以最真实的执著渗透出你的乳香
在光的梦寐以求当中，荡涤着许多风尘
抚育着那许多的美好情怀，做你一世的鹦鹉

三 月 了

窗外的雨
以一种肆虐的姿态落在眼里
碎了一地的记忆
春天我的心是绿的
在茫茫的黑夜里没有止境
一些粉红情歌吟唱着
我试图咀嚼那些葳蕤生光的时日
请洒我以丰韵的甘露吧
让我漾起欢畅的柔波
三月，我的心是绿的
透过百花的画面
泉水轻揉我翠绿的芳心
一些尖叫，趴在墙壁上低语
映衬出青石打磨过的粗糙时光
我欢喜千里之外的驻足与凝眸
那些温暖的痕迹
像一朵花刚好开在自己的花期
顺着风的方向，春天正悄悄绽放

在故乡的山坡上

你的远方是我无法企及的渴望
是你的存在
燃起了雪幕后的火光
被落日渐渐推近成为
暖色的眼睛
贺兰山西麓的风景因此
笑意盈盈

我站在老屋向西的山坡
看柔柔的风
将黄昏送了一程又一程
松枝上停一只山雀
不解这庄严的沉默
诧异地问了几声
没入林中
你深沉如暮钟
等待那晚归的人儿
而等待的人却渐行渐远
晚霞冲天而起

晕染着每一株树木每一块岩石
当一切罩上一层五彩之光
欢乐和悲哀被黄昏推向
令人惆怅的高潮

在金色的暮霭里
我颤抖成一阵风
青春的盛宴已没有我的席位
任我泪流满面吧
痛苦再不具形状
你丝绸般的手指
留下丝绸般的柔软
使我走向零落的片断

箫咽远山，画一帘淡月

夜雾烹煮成茶不饮，相思倾斜成箫不吹
只在梦的边缘，等你叩门的绝响
是什么将我的回眸捂上？烟色的记忆里，总不见你寻路
而来,陪我，垂钓月光
溶溶月色，隔着梦送来你歌唱的影子
叠几层轻盈冰绡，藏了心事
我的思念，是你前世遗忘采撷而无法成熟的青果
不舍那未了的情缘，我才执意轮回世间
单薄的形骸幻化成一树瘦梅，等你在必经的路旁
为何鸿雁在云而鱼在水
寸心纷乱，如柳条千丝万缕
拥有你一刻完整的凝眸，即便错失整个花季，我也欣然
坠落，腐化为泥
洪荒的纪事已远，恍若隔世的约定风一般不着形迹
最放心不下的，还是你
为你点燃的浣花诗灯一盏一盏次第而亮
为你酝酿的柔情千顷一寸一寸绿满天涯
所有的花树静静的迎候岁月，唯我轻衫列列
暗香盈盈,等你在岁月的对岸

你不来，我不敢老去
一场消黯，有个谁憔悴
手捻一撮红尘，伴着你的影子，等待拂晓
今夜,你终于顺着长长的夜路,踏响我长满青苔的小径
苔痕斑驳的门扉,洞箫细碎的长廊
有谁的心事穿袜行走，莲步轻移
握着你的一唇冰凉，隔世的故事碎玉满地
心疼你单衣试酒的落寞孤寒，为你一弦独操
陪你独立霜降的寒凉
用素帕细细为你抹去肩头发上的霜，拢你的一袖寒凉
谁替你烘干夜露沾湿的薄衫，笑你花香满衣
谁如我前世一般卷帘相问：可看见月的香馨
何处是港湾
青山麓，碧水旁，黄昏沙滩？寂寞沙洲寒
临着重重远山，挂着片片孤云
思往事，徜徉于翠绿香茵，满是醉眼
而今寸寸柔肠，盈盈粉泪
楚箫咽，谁倚西楼淡月

永远的外乡人

故乡漫过夜的警界线
随思念纷涌而来
震动着我每一次心跳
发出潮水般的喧响
将我故乡之梦溺没进
异乡的烟波浩渺
籍贯是故乡吗
我踏遍千山去叩问
想和你在一起
做苇海里的一朵飞花
回应大地的歌声
可大地深情地说
你是外乡人吧
童年是故乡吗
我细问
微雨,落叶,繁星
每个迷藏里的玩伴
都已陌生
唯一熟悉的是那山川

我感觉到
你正在我的记忆里
消逝成往事
只有微笑浮动在层层泪波中
父母是故乡吗
那孤寂的坟冢
只有我单薄的影子
立在那里
慈祥已成定格
寂静,阴影,墓碑
和着悠长的岁月在沐雨
那远了又近
近了又远的是故乡吗
用垂柳用朔风
用若有若无的手触
在生活的暗川上签注路标
站牌,车阵,楼宇
无论生活怎样熠熠生华
那一张户口本告诉你
你永远是外乡人
夜色在故乡的身后合拢
成为一个无解的谜
一颗冰冷的泪滴
永恒的挂在故乡的脸上
躲在我的梦里
无论是到天涯
我都是永远的外乡人

你是我的左手

我或者会洒下很多泪水
请延续那些含有微笑的时光
你就此离去无法回头
我身体的轮廓
安静地趴在地上
手指敲击风声
把岁月摊开在一张纸上
惊醒麻木的心

在冬天的深处
袅袅的炊烟像缄默的土地
青草漫过心头
声音浮过河面
翻阅往事
风的笑声超越了所有的痛点
那些幸福的时光
穿梭在情人的眼泪里

从春天开始酝酿祝福

你是我的左手
偷来零落漫天的纯白
装满一季心事
织补心碎的风帆
那份清丽与恬淡
从青春的篱墙蔓延至暮年
你始终是我诗篇里的笑容

倾听阳光走过的声音

晴朗午后的阳光
临摹着清凉雪花流泻过的田畴
远山幻出黛青色的火焰
化成一双水做的翅膀
阳光落在院子
带着莫名的悲伤
内心繁复，悄然绽放出隐秘的花纹
在阳光下，初露端倪

翻阅曾经细碎了的时光话题
那些耕种在记忆里的东西
白色和蓝色
如同天空和白云
黑色和紫色
如同星辰和月影
谁的叹息，划破暖阳
将我的影子带走又带回

风吹来倦怠的空虚

体内的铁令面容清瘦
丝丝感伤流落在字里行间
一些声音伸出耳朵，听天籁梵语
阳光的痕迹在我身上纵横驰骋
尝试着安慰自己
就这样静静老去
成为不忍倾听的一首歌

止于怀念

那些流年和细节
比如看到云朵
就开始伤感
我喜欢怀旧
思念如羽
那场透骨的相爱
你温煦的笑已不可触及
雪用一种凝视
染白了我的鬓角

阳光斜照在落雪白皙的皮肤上
这是悲哀，我们无可探测的前世
无法衍生为今生的相依相守
我用三百六十五个日夜
把遥远的邂逅描绘
我曾经的亲密
是需要底蕴和代价的
故乡的人物、鲜花和果实
在我的梦里眨眼

走出嘈杂和繁忙
在一杯茶里午后渐浓
我站在这里
岁月的轻波在我头上荡漾
我用理智说服自己适应现在的境遇
让沉抑或浸透
裹挟着浓重的黑暗
我瞧见晚来的寒雪
低眉顺眼落了一地止于怀念

那远方神秘的朋友

都市小酒馆里靠着白墙　孤独
喝着烧酒的汉子
想起那个执著　并且
钟爱着五月麦地的诗人
他让灵魂躺在通往天堂的轨上
自己骑一匹白斑的红马
牵一匹红斑的白马
向不同的方向而去
去寻找他的四个兄弟
东方　南方　西方和北方
带着自己骨骼雕刻的酒盅
在成熟的麦地里拥抱
啜饮下几滴眼中酿的酒
背诵各自的诗歌
幻作一匹腾空的汗血天马
向着河流　来的方向飞翔
在雪山在雪山之上
有一片黄金草原
趟着黄金的河水
放牧着白云般的羊群

十四行诗　向往美

在你眼中我的诗多贫乏可怜
关于你的题材尽管无一妆点
却比我的任何赞美价值都大
从你的眼中看见的依然是美
这美就是永恒　几度严冬摇掉
苍翠夏天树叶的光艳
几度阳春化作秋天的枯黄
几度看见四月的菲芳
几度被六月的炎炎烈火燃烧
可是你还和当初一样明媚
我把眼睛扮作画家　把你的美
描画在我的心菲上
你就是开向我心中的窗
是珍藏你奕奕真容的地方

龙的图腾

是谁用利斧劈开高原的叠嶂山峦
成就这九曲黄河十八道弯
任风自由地穿透峡谷
让高原更高　云更白　天更蓝
高原的皱折让巴颜喀拉的雪
以接近天的距离放牧着云朵
细数着长长马队　驮着千年文明
绕过荒原的湖泊　富饶的青山
踩着峡谷边缘的　陶罐　鱼鳞
着一袭黄土染就的肤色
一步步向中原走来
谱写出华夏古老诗篇
我的青海湖　我的黄河源
高原用湛蓝的眸子　俯视着
古老大地上的长河
乘羌笛的旋律　遇山迂回
遇川潜行　终于在壶口
发出了亘古的呐喊
一条长河　一条从天而来的长河

水面上漂起一部历史的长河
秉着高原湖泊雪水的性格
穿越黄土高原的厚重
一条古老图腾里生长出来的河流
勾画出民族精神一去不回向东海

守望的乐章

恋爱的季节已经过去
而抵死的缠绵才是一曲新的乐章
树上一棵红豆
等着去采撷
山上有满树的相思
是春天的繁花
秋天结的果实
有一种思念
在步入人生的无奈里
午夜反复的章回
它诉说了岁月催人的风霜
妻女嬉戏的温暖
在离乡的曲折情节里
我守望着重逢的诗篇

冬至的黄昏

冬至这是一个怎样的节气
思念曾在飞雪中哭泣
曾在风中惊恐的叫喊
也曾在融雪的积冰上
端详过自己
冬至默默无闻的走向黄昏
凄凉的风不知为什么
向远方伸出疲惫的眼神
让各种颜色的晚霞
落在冬至的怀念中
那些被思念的灵魂
在爱过的太阳下
在群星的中间
谈论着他们不曾归来的亲人
直到怀念和想象一起飘向坟茔
在最后的悲哀中
他们都走了
天空收下了白色的花环
泥土保存着他们的骨骼

冬至　让久未谋面的亲人同时流泪
那泪滴变成一条小船
它告别退色的帆和隆起的岸
让痛苦在最平静的湖水中远去
漂的很久　很远
漂到太阳在黄昏中熄灭
这时候你才发现
冬至的天空特别的阴沉
天空中间反射着幽光
低语从四面八方传来
汇集在冬至这个应当纪念的黄昏
记住这个黄昏和那些
漂着凄雨的晚上
记住欢乐是怎样伴着你成长
记住哭喊和僵梦在某一天诞生
让冬至的风刮疼脸颊

十四行诗

阿拉善之一

高耸的胡杨　我站在风沙中
望着深邃的戈壁
却听不到声响
万籁俱寂　我已死去

寂静的影子躺倒在四方
我是胡杨　我是阿拉善最后的胡杨
蘸着居延海的水我要为
最后的胡杨书写诗行
你千年不死　死后千年不倒　倒后千年不朽
三千年太长
我要所有的牧人都有草场
自己的妹妹和别人的女儿生活在美好的草原
我原把我的头颅埋在这里
搂抱着最后的这片胡杨

阿拉善之二

打马走进高原
天空向我滚来
我用泪水抚摸着阿拉善
我生活过的每一寸地方
我失去了一切
我要去寻找我的远方
在我故乡的沙海
我让我的身躯躺在这里
想挡住腾格里沙漠的疯狂
我从大海里归来
找不到一块草原
我故乡的草原已飞到了天上
白云就是它的羊群
我哭泣的阿拉善　我干渴的阿拉善

贺兰山的春天这么忧郁

贺兰山的春天这么忧郁
峡谷中弥漫着潮气
干枯的山榆树枝条
刺破了远处的白云　蓝天下
薄雪覆盖着群山像透明的晶体
原野上潮湿的雾越压越低

浓云蜷缩着笼罩在峰峦间的缝隙
风在痛哭中纺织着丝丝柔柔的雨水
春雷闷声沸腾
推动着一连串回忆
沿着山下僻静荒凉的沙滩
我看见贺兰山的春天这么忧郁

霞光洒在她身上

金光洒下的时候　那时
白天所有的喧嚣　都已平息
各式各样的声音
像天边绕日的霞光
极其温柔地汇在一起　而我却在
你身边感受到温柔在升起
在落日的余晖中
是一片初夏的诗意
闻到夜的最初气息时
争论的怒火
在一起的烦恼
——消解　在一起不以为苦
在我弓起的肩膀上
我采集到你的呼吸
如今痛苦的形象已经消失
就这样　我把你怀在
我孤寂的心里
一起踏上我的行程
分享我的沉寂

请把心扉打开

春风来到我的门前
手拿百花织成的长杖
随身带着四月田野的馨香
他站在门前　我没有请他进来
这些天我心正是烦躁
许多恼人的事情压得我透不过气
我厌倦不堪　甚至认真地
思考　是否去死也比这样活着好
当我望一眼春风的眼睛
从东到西湛蓝明净
我不由得感到羞愧
春风走了　大门敞开
把忧伤和屈辱捆进一个小包
还有对母亲的银色思念
我挎上一粒沙　去追赶春风
请他带我去寻找心中的那朵花
我在城市里寻找春风
他拿着百花织成的长杖
我知道我一定会见到他

我的心里已经没有痛苦
折磨人的事情我已全部抛弃
春风被我感动　我们站在街角
拉着手　脑袋晒着太阳
春风深情的说
请把心扉打开

诗　　意

等待精彩的作品之影
在梦里轻轻摇荡
恰似苇叶的影子掩映
在心湖的岸上
丁香花的手半睡半醒
在心湖的岸上
描画出一个一个声音
在夜色的寂静中央
一座一座闪光的凉亭
在夜色的寂静中央
像希望一样渐渐长成
浴着幽兰的月光
半弯的月亮慢慢的上升
浴着幽兰的月光
诗意飞舞着半睡半醒
诗意对我柔情荡漾
创作诗的秘密
对我柔情荡漾
苇叶的影子轻轻颤栗
在心湖的岸上

诗是一种行为

诗是一种肯定的
行为　我肯定
我活着　我不是独自活着
我肯定　诗是一种行为
我活在其中

诗是一种未来　想着
某一个时间　想着某一个人
想着你　当你还年轻
想你学着诗仙喝着烈酒
治愈自己　包括你的诗

诗是我的呼吸　每天
我的双脚　在大地上
犹豫地迈动　我看到
我走过的大地　留下
一行行字　赤子

酒之歌

在盛唐的夜光杯里闪烁着你名字的光芒
透明的美酒　你使人心花怒放
千百年来你在人们手上传来传回
从秦人的青铜尊到蒙古人的羊角杯
开天辟地以来你久已存在
把力量和神威奉献给一代一代
你与日夜交替的光阴一齐流淌
朋友和快乐为你欢呼鼓掌
你像深沉浩荡的黄河
沿着历史的进程流向前方
你的生命晶莹透亮
我看见文明的酒浆
在激情洋溢的诗词的字里行间
你是才华成败和小巧的短剑
在你的忘川里让别人痛饮伤心的忘怀
我却要寻求分享节日的欢快
在漆黑诱惑和仙影中间
我要用你打开长夜漫漫

精神的流浪

我的诗稿和酒坛已擦拭干净
遥远的路程却满是灰尘
我又要孤独的去远行
我曾和流浪者同行　乞讨偷盗
像无魂的幽灵　我忧伤的站在
冬日的雪中　大雪如毯使人羞愧
大雪为我而下　映照着我的肮脏
我曾和探险者结伴　爬山越岭
浏览了自然风景　我陶醉的坐在
春天的花丛　花香四溢万紫千红
花儿为谁开　我却是局外人
我曾和漂流者相约沿黄河而下
茫茫黄河又混沌又晴朗复又混沌
漂泊在夏季的豪雨下　我想
只有这咆哮的河水才能洗净灵魂
我曾和老者在公园抽烟打牌
脸贴纸条　谈古论今
把酒秋风　我醉倒在硕果中
我的诗和酒坛一样干净

重　归

光明广场夜色阑珊
我独自坐在石凳上
回牟凝视疏密的灯火
抑郁的心寻觅儿时闪烁的星光
黑暗中我把妈妈的呼唤贴在胸前
坐在角落里　躲在阴影中
我渴望把浪子的故事
轻轻的读给您听
这故事仿佛音乐的旋律
默默地伴我长成
流失的童年一去不复反
梦想的道路向我召唤
在黢黑的夜我匆促离开家乡
无暇安慰我慈爱的亲娘
我怕拂晓时妈妈凄楚的泪眼
颠沛流离的遭际
赋我以诗歌和灵感
那丰满的麦穗
那洁白的花朵点缀的心园

更有那异乡多姿的苦夜
踏着记忆的足迹
我又回到阔别的故乡
那骆驼草　奶茶　肉干
依然晾晒在席上
散发出一阵阵的芳香
我和您妈妈相聚在梦乡

等待召唤

从病床低低的窗望出去
只能看到蓝天或白云
起身　庭院下垂的枝蔓和
窗台一盆植物　都在期待
你的来临　你的气息
将是它们摇动
任何季节都可能来
冬天雪花让白雪停在窗台
投射到我地床前
我期待护士快点除去
若是你冬天来
你蓝色的影子　怎么会
扶我走出白色
坐在春的门槛上
春季里我羡慕百花争奇斗艳
却只让我看到几朵
夏季里墨绿色的叶片泛起亮波
当你要来时　我还没有做好准备
秋季里我等待召唤　只是还不清楚

是否立即开始另一次航程
很想写下一切　将诗行
压在秋天的五彩叶片下
我已将需要的时间投入竹篮
放入风中等待召唤

唱花儿的姑娘

你唱着花儿送我走时　我说过
我会回来好好把你放在心上
我已经数过了一千个太阳
春天我说要回来
桃花开时
我却在母亲河流淌的地方彷徨
夏天我说要回故乡
却在一次次的成长中遗忘
岁月在我的头发上长长
秋天我说我会回来娶你
可一千个太阳的落下
被五百个月亮的升起阻挡
冬天我还会说什么
那个唱花儿的姑娘
花儿就是我心中永远的牵挂

凤凰　金色的翅膀

今早在银川　在凤凰
栖息的地方　下着小雨
天空流着金色的血　我流着金色的泪
我看见一双金色的翅膀
北方在黄河古渡　横城堡
烟雾茫茫的金色黄河上空
下午放晴　那双金色的翅膀
使太阳流光溢彩　太阳变成了凤凰
今夜在银川　夜空闪着金光
七十二座湖泊在低声啜泣
彻夜不眠　迎接这金色的凤凰
啜泣吧　只有泪水汇成这七十二连湖
凤凰才会回来　回到故乡　叫凤城的地方
大街犹如思想　金色的河流
注入七十二连湖的港湾
映影着西夏荒凉的王陵
我的北方　在银川　在凤城
不知道是凤凰唤醒了太阳　还是
太阳摇醒了凤凰　我听到少女在笑
我也在笑　在一双金色的翅膀上

困

旷野上哀号的风
阻止不了春雪轻盈柔软的落下
一片又一片
在曦光中若隐若现
松软的田野上
春天的脚步一张一弛
积雪压弯的草芒露出头来
风飞旋着撕碎枯叶
环绕在举臂祈天的树干下
地上有春天的影子斑斑
思念猝然拔起
在雾趾上
在林籁上
拾音阶而去
一波一波
发出金灿灿的光芒
相思终于奋不顾身的跌入深渊
碎成沛雨和岩石的长嗥
沉沉的坠入黄昏

春入园林

春天的园林
你那不知疲倦的臂膀上
当各种颜色的花朵
每次盛开在你的肩上时
暴雨中你的泪滴下
那些痴想
风中你的合唱里
那些梦境
都一一印入我最深的记忆中

阵阵花香沁入我的灵魂
直到怀念和想象
随着蜜蜂一同起飞
落入万花丛中
等待着
在倾斜的阳光中等待着
绿色的燃起
并心甘情愿的消失在绿色中
变成一枚枚朱红而明亮的果实

也许我也会
变成一只蹁跹起舞的蝴蝶
平静而痛苦的告别
告别退色的花朵
落入芦苇和河水的岸边
看着天空收下白云
泥土收留了根须
太阳在水中渐渐熄灭
我会依偎着晚霞静静地睡去

垂钓朝阳

我站在黑暗的背脊上等待
等待太阳之子的诞生
我的姿势永远面朝东方
雷电和暗黑携手，灼伤过
我期盼的双眼
风霜和雪雨和谋冷冻过
我疲惫的眼帘
即使是这样
我的期待也永远在
不远的东方闪现
我期待的太阳之子
那第一缕朝阳
总会适时的出现
我站在黑暗的背脊上等待
当太阳之子诞生的一瞬间
那金色闪出的一刹那
黑暗和阴谋飞灰烟灭的一刹那
我等待已久的太阳之子诞生了
我可以坐在坚实的大地上

安心的纺织我的钓线了
我采集从他诞生到成长
所发出的炙热
收集那些多余的飘云
用那小小寰球作纺车
当夕阳发出灿烂而
绚丽的五彩之光时
那正是我挂在夕阳下的垂钓之线
我站在黑暗的背脊上垂钓
垂钓一个新的朝阳

诗句在黄昏渐渐散开

一

黑夜低垂下长长的襟
使血液凝结
月光从指缝中落下
掩埋住我的心
我是属于黑暗的奴隶
推转着时间
在迷途的路上匆忙地走着
穿过肃立的星辰
走向河岸

二

窗台上铺满太阳花的幼芽
在一片寂静的阳光下
注视着鸟雀飞上屋廊
无关的云朵
用最轻的吻

告别夕阳
让一片兰色
在诗句中渐渐散开
沿着黄昏的催眠曲
寻找梦中的那条小路

三

黄昏迁来野花的香味
让我的眼眸
变成了另一种颜色
注视着周围的小草
风带走温和的记忆
踏上阴凉温热的台阶
静静得幸福的土地
颤动的土地
停住呼吸
让最后一抹阳光
把五彩绘上我的额头

高原上悬浮的歌声

尘埃在北方的营地上悬浮
在巨石和林莽间移动
正午的阳光下
草叶和麦苗爆出绿色的
烟缕，曲曲折折地闪着光
那株孤零零的老榆树
被捆在地平线上
不远处敖包上的哈达
在风中跳着舞蹈
渗入云朵的太阳
时隐时现
我在树丛中走了很久
森林和麦田里有蜂鸟的歌声
我坐下搓去脚上的干土
那双赤脚感觉到
天上有淡蓝的水汽
到处都晃动着可疑的黑影
心中那单纯的怀念
是一枚刚刚落花的浆果
在河的彼岸铺展着绿色的恩情

浪漫情调

诗意的女子

你是个诗意的女子
我等待你如水的句子
诠释一种幸福的画面
你头上的飞花
以及梦里的绿罗裙
仿若身轻如燕的飞翔
我以本真的模样玄妙的站着
如青山绿水般的淡定
你我相约锯开历史的云岫
看三生石上月光静静地流淌
我要小心保护好
不让一枚叶或花跌落泥土
我用深情的目光
刺破苍穹
以山岳巍峨的笑容
等你抱回流火的八月
听我吹奏我的朽木羌笛
让那些飞来飞去的往事
为你眉开眼笑

与 荷 说

一朵荷花的盛开
香浸了我尘世的苦难以及忧伤
一些失眠的文字
在指尖上轻轻起落
我是一滴水
让一束光
更深更彻底地将我折弯
让我的矫情久远地保持
一滴水的清醒
我不能把一团绿送达你在的北国
我也无法告诉你
夕阳会把我的身形
拉得跟思念一样长
我只好拾起一地的断鸿声
做一次幸福的铭记

伊　人

轻吟消瘦
独坐一页扁舟
向南等待伊人
漫天的笛声苍凉
传说你在北边的山里
栽种阳光
而我的眼泪被雨水拦截成湖
关于你的空杯
在时间里消失
连同你的影子一同燃尽
一同变成我丰满的羽翅
我已适应了思念的边框和硬度
也不再奢望纵情、淫乐
只用滚烫的诗句
让身体流汗
从日暮乡关的轻愁里
看伊人款款走来

赠诗：子易子心

你是天上的云吗
那么飘逸，那么轻盈
我知道，日子的红盖头下
花朵是你手中的那把蓝碎花的油伞
我不能向你诗意描述
我所奔腾的思念
月光清淡，黑夜落入怀抱
往事绕着的季节，那些远去的人影
被你的诗句轻策，我感到微疼
水的柔软里可有飞翔的轻盈
在落雨的黄昏
身后的七月没有冰凉覆盖
一些淡淡的青葱之梦
在你夏天的阳台上
延续午后的情节
风拂过河岸的柳
波光里子易子心的倒影
将心事搁浅成一弯绚丽的虹

赠诗：玉上烟

你把整个四季拿走吧
甚至可以拿走我唯一的王冠
但请保留住我那颗破碎的诗心
那是一朵花，虽然它陈旧，忧郁
你正在浇灌那朵花的时候
你住手，开始欣赏并且爱怜
花朵停止绽放，花无语
花在期待，你无语
寂静中我们彼此理解着

在你之前，在你之后
花朵之上，诗意的文字
爬上你是名字，玉上烟
你的文字被巧妙地排列成南飞的雁阵
伴随着大朵大朵的流云
静静地飞过的城池
我数着塘中沉闷的水草
听你的烟岚静落岸边或水中
柔软的呼吸遮挡住星星的眼睛

赠诗：三水

在江河的川流中，你寂寞成水
千里之外的长岸
是谁一次次推落夕阳，举起日出
翻阅你每一片花瓣
都滴落出你长发的墨香
你是个孤单的牧马人
黄昏时伸出寂寞的双手竭力驱赶一片苍茫
你是栀子花开的香气，在五月到七月里缭绕

在你的柔波里，多想成为一只鸟
在明朗的天空自由地飞翔
息在云朵的倒影上做你的猎物
而你凌驾于影子和声音之上
不会改变流水的方向
也不会增加孤独和悲伤的重量
绕过雾的鸟鸣
掩埋在时光中的欢声笑语
正是我幸福的泪水

花（为欣生日而作）

这个时日，春潮使枝椏
沉甸甸地开始灿烂
我们迫不及待
在老故事堆里畅谈
为友谊着色
那些发生的，我记得
我在字里行间与你对话
在油菜花开的季节
与你相遇相识是我一直渴慕的

花，一树淡粉满满地包裹着春天
你以回眸一声轻笑
勾引路人的赞美
你的美被春天擦亮了
她们静默，互相依赖，散发着淡淡的甜味
因此我喜欢你沉溺的样子
五月，握在手里的色彩依然灿烂
清冷零星的翠绿开满了柔情
染透浪漫，有一些风是可以襟抱相拥的

花，昨天的那场桃花雨
纷纷扬扬，随风涌动的暗香弥漫
一起潜入故事的深处
我喊不出你的名字
在你陌生的视线里
所有相知，只源于这场偏执的春风
在清晰的静脉里，流动的是记忆
大地一直张着耳朵
聆听我们的絮语，让我一直怀念你的笑脸

月亮的背影（赠：飘霜红叶）

月色，荡漾起一袭缠绵
你不再朦胧，你在倾诉
当越来越轻浅的文字开始懵懂情感时
弯弯圆圆的都是伤悲
那些温暖的语言，被孤独囚禁着

月光，轻柔透明
像缓缓绽放的白色玫瑰
夜空开始凝结成最美最纯粹的深蓝时
粉红色的芦花布满归家的路
直抵每一道栏栅上悬挂的思念

我为谁写下这样的感慨
这世间最终的命运,逃不脱相遇和离别
当风把雪的问候吹向远方
我独坐月下，听羌笛吹度
感受这些悲伤的，消颓的，安静的文字

走进这片清凉的心田，甜甜的月光下

我正在挥洒酒杯里的豪情
握紧你演绎的，温馨的梦
无数次回头的瞬间，默默的观望你渐行渐远
有过黯淡所以才懂得是什么遮住了你飞去的路

芳香的唇语

我的欲望在花开的日子直立行走
那样的时令，花瓣若雨
你在白云深处
清秀婉丽的风姿，已经把我迷住
邂逅，我渴慕已久的爱情
你来得百转的悠扬
有一种不可捉摸的诡异
我会站在窗前反复吟诵
三月的长短句
让每一个芳香的嘴唇
都与廊上的燕子相逢恨晚
我回头顾盼你停留时的风景
踩着窈窕曲折的绿柳
你桃花般的唇，吻得我心迷神驰

错过了春风，就错过了我

是的，我会在这里
不是为了等待，是为约定
一阵风撩起了泊空的思绪
风声高一声低一声
墙成为唯一的依靠
我依然固执著炎炎盛夏
给自己一个开怀的理由
听心音娓娓而弹
你说过错过了春风，就错过了我
我抬手击落几片碎语
思念烫伤三月的眉心
点点殷红在脚下漫延
在你的文字深情里
我怎忍心离开这枝繁叶茂的情谊

春天的水有七种颜色

如果现在，跟在暖风的后面
挑开春天的纱帘
蒲草、水葱，还有芦苇的绿
会用时间的厚度
让我吝啬的去挥霍素色的青春
才能亲近柳丝，找回你内心的柔软
告诉那些迁徙的候鸟
春风已打开紧闭的栅栏
把花香从大地深处送上枝头
让最高处的花蕾首先开放
关于春天，小雨有些慢
而正在梳妆的杨柳
呼吸是轻度的，像是静止的水
春天的水有七种颜色
它们在七色花上跳着快乐的舞蹈

甜蜜是桃花的主旋律

不说桃花了，不觉轻叹
太过奢侈，太过昂贵
宠尽我的日暮沧桑
思念里桃花泛滥
我倾尽全力的表演
像一场苍白的吟诵
我看见你在三月的花树下
浑身战栗，一如惊弓小鸟
眼睛里深长的巷口
停着季节的渡轮
我只好把你黑色的瞳仁
装进我宁静的口袋
就此深埋在骨髓里
来弥足珍贵的我，依然空着的身体

苏醒与死亡

草木苏醒的根须
紧紧的捆绑着我的呼吸
连春天的第一滴雨水
都无法让我醒来

所有阳光都提醒我
所有火焰都温暖着我
我被邪恶纠缠的太久了
只有心中的那些
鲜红　紫绿　鹅黄的花朵
正在悄悄的酝酿
盛开的方式

大地上
春天走来时踏出的每个音符
都汇成燕子归来时的短歌
天空和飞鸟是否已忘记了我
我沿着春天苏醒的回廊
注入泥土的胸膛

发出阵阵嘹亮的鸣响

雾蒙蒙的枝头
嫩芽已降临了
树木抖落经冬的枯叶和尘土
一层层被灵性的泥土霉烂着
制造出许多无孔不入的幻想

我的思维和呼吸在重压下微笑着
那些高傲的　卑微的　苍白的思想
都显得那么可怜

我厌恶被春天叫醒
所有的种子都开始萌发
只有我还在思考
死亡是怎样开始的
又是怎样结束的

时间在香烟上虚度

今天
有许多时间是在香烟上度过的
我盯着艾草中发出的鸟鸟轻烟
脸颊上有泪滴划过
碎成花的图案
溅落心底的花园

我知道这一切时都已经晚了
天空渐渐的暗了下来
时间在艾草中被化作一缕烟
巨大而溅满泪水的黄昏
紧紧的挤压向我的胸膛
一点一点的暗红
在轻烟中闪过
他们说　你还有明天吗

我知道这一切时都已经晚了
有一个声音带着失败的碎片
击中我的灵魂

我向着黑暗中沉没
变成一堆虚幻的尘土

我知道这一切时都已经晚了
花朵在柔顺的梦想上盛开
变成瓶颈中精致的摆设
它早以经不起任何的风吹雨打
当我知道这一切时都已经太晚了

走在那条通往墓地的小路上
然后长久地站立在那里
变成一座汉白玉的墓石
我在那里绝望的向四周溅开
被野火焚烧
被太阳爆舔
最后被一只只蝼蚁蚕食

当我的那些苦恼和忧愁
被蚕食成一具骨架时
我的灵魂开始重生
我稳稳地站在土地上
站成人的模样
独自走下山来

踉跄的秋之舞

风大步地踏过秋天的田野
使树木崩裂
叶子隆隆作响
群山呼应着金黄的夕阳

黑暗踉跄的脚步
向炫目的夜露中滑去
暗黑让群山面目一新
风舞弄着月色

刀片似的光
蓝莹莹的披上苍茫
扭曲的灵魂
屈曲着等待白昼的降临

田野在颤栗
云朵做着最后的怪脸
我坐在树的顶端
把眼睛闭上

回想着秋天的美丽和残忍

太阳的光芒
让空气在树的上方畅通无阻
我双脚钉在粗糙的树皮上
身上长出无数根羽毛
它们都有起飞的欲望

大地用整个造化之力
穿过生物的骨骼
我想飞翔的权力无须论证
世界就在我的背后

我什么也不曾改变
我的眼睛不允许我改变
我打算让世界就这样下去
永远在我背后
我听见地平线下面的石头在呼叫

忧伤的九月菊

秋天的九月菊用一种虔诚的心情
企盼着秋天的降临　等待着
目送着各色花儿的凋谢
幻想着曾经飘荡过的美丽倩影
当秋天款款走来
一段倒叙的日子也就悄然开始
灰色的天空充盈着温柔的祥云
雨丝温柔周到而无声地扑向大地
守望心灵的蜗居
在细雨中等待的九月菊愉快的忧伤着
多少次了
你在这样的等待中　盼望花开
花开的瞬间　寂然无声
像一片飘落的晚霞　只留下一片灿烂
我看到一个个身影在秋天走过的路上向我微笑
那微笑充满着天使的善意　它们在我的身上绽放出第一瓣花香
优雅的九月菊在秋天忧伤的开放
细雨温柔的飘洒着　淡淡忧伤涌上心头

在静静的房檐下　在初雪的花园里
才凸显你情感深处的孤独
给秋天的景致一种别样的释放
忧伤的九月菊在秋天寂寥盛开
幻化成一双天使翅膀
没有无缘无故的爱和恨
没有无缘无故的爱和恨
爱了，恨了，散了，想了，写了

思念的滋味

草原上
一棵孤独的老榆树
那，是我的祖母、我的母亲
也是我的爱人
它在那里孤独的生长
没有人知道它经历了多少岁月的年轮
它的名字叫……一棵树
那
是我的故乡

野花盛开时
那绿叶如爱人的发丝
我常采一把久久的亲吻着
吮吸着属于她独有的芳香
不忍丢弃直到它干枯

你对我说
你是我的我也是你的
我是你太阳下狂热的光斑

你是我月亮上香气浓郁的桂树
太阳是你的血液
桂花乃至所有的鲜花都是我的诗和爱

只要草原上还有最后一朵花儿
你都会是我灿烂的春天
就算草原上的草儿都枯萎
你就是我戈壁滩上的风

春天告诉我
忍住你的痛苦
答应我
你在山的那边想我
我也在山的这边想你

总有痛苦孤独　寂寞的日子要过
总有幸福思念　团聚的日子在等待

风儿告诉我
忍住你的痛苦
答应我
无论你在哪里我都会陪着你

当你思念你的草原
你的羊群
以及你的羊儿啃食的小草时

我会给你带去它们的味道

当你思念你的母亲
你的所有亲人
以及被你梦中忆起的某个人时
我会悄悄的告诉他们的

当你听到我发出呼啸的声音
从你身边而过时
那是我在朗诵你的诗歌
你那或深情或浓烈或悲伤的诗章

我一言不发
我只穿行在我孤独哀伤的诗歌里
或吟诵太阳
或赞美月亮
或拥抱鲜花
或亲吻风儿

告诉那些爱我的人和我爱的人
我能忍住我的痛苦
尽管那样我会更加痛苦

如果某一天我去了天堂
我就是那太阳　那月亮　那鲜花　那风儿
我会永远陪伴在你们身旁

梦中的爱情

第一声雷电像咒语从天滚落
无数花朵流着泪
兴高采烈，你从我的心里长出来
开放如花
梦中的爱情
被蓝色的雨敲打着
是你，让我走向故乡的沙滩
低声对我诉说
“我才是你唯一的爱人”
我孤独地站在那条旧河道上
等待你给我生命
给我吻　给我爱情
就这样痛苦的坐在那里
直到夕阳西下
于是哀伤慢慢长出
痛苦不堪的长出
我的脚从北方河岸上隐隐溢过
当晚霞又一次升起时
我的肩头落满光芒

五月临河两岸的麦子都绿了
夜用潮湿的梦安慰着我
你是水边的神
或是山涧的花草
很是美丽

阳光有件淡紫色的长裙

夏天来临的时候
请把我的梦，一个个地
安排在花朵和绿草底下
那里有蜜蜂和蝶儿在舞动
我的梦一个个的
会被太阳烘干
在天空变黑的时刻
我再也不害怕危险的雨
夜的喙啄破湿润的地壳
放飞呜呜啼哭的风
飞过我弯弯曲曲的梦
飞过玻璃纸一样薄薄的黎明
梦被撞醒的瞬间
一切都变的柔和而亲切
在一片湛蓝中
湿淋淋的阳光换上了淡紫色的长裙

今夜风在迷离

夜松开把持
城市眩然沉醉在
灯光的迷乱中
你抚慰着我结疤的心房
潸然落下怜惜的泪
我们对着整个喧嚣的楼宇
和沉默的夜把盏
那仰头走过的风
吹乱一地迷离
形成一道颤抖的光
有无数翅膀扇过头顶
怂恿我们起飞
掩饰憔悴的微笑
或者拥有　或者忘却